无障碍阅读系列

BARRIER-FREE READING SERIES

教育部《语文课程标准》推荐书目

史记故事

[西汉]司马迁 著　曹帅 刘森 编著

时代文艺出版社

图书在版编目（CIP）数据

史记故事／（西汉）司马迁著；曹帅，刘森编著.
—长春：时代文艺出版社，2016.9（2018.9重印）

ISBN 978-7-5387-5248-9

Ⅰ.①史… Ⅱ.①司… ②曹… ③刘… Ⅲ.①中国历史－古代史－纪传体－青少年
读物 Ⅳ.①K204.2-49

中国版本图书馆CIP数据核字（2016）第131825号

出 品 人 陈　琛
产品总监 郭力家
选题策划 邓淑杰
责任编辑 焦　瑛
插　　图 温广达
封面设计 黄　龙
排版制作 隋淑凤

史记故事

司马迁 著　曹帅　刘森 编著

出版发行／时代文艺出版社
地址／长春市泰来街1825号　时代文艺出版社　邮编／130011
总编办／0431-86012927　发行部／0431-86012957　北京开发部／010-63108163
官方微博／weibo.com/tlapress　天猫旗舰店／sdwycbsgf.tmall.com
印刷／三河市万龙印装有限公司
开本／660mm×940mm　1/16　字数／156千字　印张／14
版次／2016年9月第1版　印次／2018年9月第3次印刷　定价／26.80元

图书如有印装错误　请寄回印厂调换

阅读,从无障碍开始

在当今的中小学语文教学中,文学名著阅读所占的比重越来越大,课外阅读已经成为课内教学的延伸和不可或缺的一部分。"扩大阅读面,增加阅读量,提高阅读品位",让学生"多读书,好读书,读好书,读整本的书",是国家教育部在2011年版的《语文课程标准》中提出的明确要求。"新课标"还对小学、初中、高中各阶段学生的阅读总量有明确规定,并根据不同阶段学生的特点,指定和推荐了包括童话、寓言、故事、诗歌、散文、小说、戏剧、科幻作品等在内的一系列中外名著书目,从国家层面,教育、教学的高度,把名著阅读摆在了突出重要的位置上。

中外名著是人类文明和智慧的结晶,是历代相传的宝贵的精神财富。要在短时间读懂、读通,吃透名著的精髓,对中小学生来说是很困难的事,必须跨越各种阅读的障碍。

本社邀约语文教学一线的名师、专家参与编写,精心选择注释底本,推出的这套"无障碍阅读系列"丛书,完全依据教育部的规定和要求设计,并把"无障碍阅读"作为丛书编辑的宗旨,力求扫除中小学生阅读文学名著的语言、文字、历史、文化等方面的障碍,使其在轻松阅读优秀文学作品,感受经典名著文学魅力的同时,丰富语文知识,掌握阅读技巧,在知识能力和文学素养两方面都得到提高。注释内容与课内教学相辅相成,与考试相对接。

"四个全面"即全面分析、全面解题、全面提高、全面去障,这是本丛书的突出特色。开篇的"名师导读""要点提示",帮助读者在阅读名著前迅速了解与作品相关的重要信息,提示阅读时最需要关注的要点问题。名著正文行间或段末的注解,参照《义务教育语文课程常用字表》,对一些难于理解、影响阅读的生僻字、词和作品中涉及的历史、文化知识等,都做了全面注释、解析。使学生不用再频繁翻阅字典,查看工具书,让阅读变得一气呵成,省时省力又简单。名著正文后精心设计的"考点延展",与课内的教学相对应,汇集相关有代表性的真题和模拟题,针对考点,全面解题,在检测阅读成果的同时与考试相对接,使中小学生抓住重点、难点,轻松应试。"思考提高"部分,主要为引导读者回顾作品的精彩情节,思考名著的价值意义,启迪心智,在巩固记忆效果的同时,注重阅读能力的全面提高。全书四大优势模块,辅之以准确的注释、精要的解析、精美的图文,与教育部的中小学《语文课程标准》要求相一致,形成阅读与字词、读写、检测的无缝结合模式,达到"全面去障"的阅读效果。

德国思想家、作家歌德曾说:"读一本好书,就如同和一位品格高尚的人对话。"与经典名著的对话,从无障碍阅读开始!

编　者

目录
MU LU

名师导读 ————————————

作者小传

　　司马迁(公元前145年—?),字子长,夏阳龙门(今陕西韩城)人。司马迁的童年是在家乡度过的,整日与农夫牧童为伴,在饱览故乡山河的同时,也接触到了许多历史传说与故事,不仅为他日后的写作打下了坚实的基础,也养育了司马迁的豪迈英灵之气。

　　年纪稍长之后,司马迁离开故乡,来到京城父亲身边。司马迁的父亲司马谈时任太史令,他知识广博,对诸子百家有着深入的研究。在父亲身边,司马迁受到了良好的文化熏陶。后来,司马迁又多方求教,先向儒学大师孔安国学习古文《尚书》,又向大学者董仲舒学习公羊派《春秋》。读万卷书,还需行万里路。司马迁在二十岁时开始游历天下,在会稽,他探访大禹遗迹;在曲阜,他感慨孔子人格之伟岸;在汨罗江边,他洒泪屈原;在登封,他瞻仰许由遗风;在楚地,他打探春申君故事;在丰沛之地,他聆听乡邻老者讲述刘邦、萧何、曹参、樊哙、周勃等风云人物的逸闻……在中华大地上,他留下了自己探索的足迹,同时也大大拓展了自己的视野,为后来《史记》的写作搜集了许多鲜活的材料。

　　司马迁游历结束后回京,任郎中一职,并奉汉武帝之命出使西南。公元前110年,汉武帝前往泰山举行封禅大典,司马谈重病滞留洛阳,刚刚返回的司马迁匆匆赶至洛阳见父亲最后一面。司马谈拉着司马迁的手泣不成声:"今天子接千岁之统,封泰山,而予不得从行，是命也夫！命也夫！予死，尔必为太史；为太史，毋忘吾所欲论著矣。"

司马谈固然对于不能参加隆重的封禅大典而遗憾，但是，更让他抱憾终生的是自己未能完成修订史书一事。司马谈曾在司马迁面前感慨从孔子作《春秋》之后再无优秀的史书出现，对从战国到秦汉的许多重大事件与人物未能入史而遗憾，所以，司马谈立志要撰写一部历史著作，一方面是作为太史令的担当，另一方面也想让世人看见大汉的辉煌。但是，天不假年，事业未竟，于是，司马谈只能将希望寄托在儿子身上。司马迁俯首流涕："小子不敏，请悉论先人所次旧闻，不敢阙。"对于父亲的临终遗命，司马迁毫无拒绝的理由，修史之心自此下定。三年后，司马迁继任太史令。

在任郎中与太史令期间，他接触到了许多人物，在他们身上得到了许多难得的历史信息。周霸向他讲过项羽，公孙秀讲过荆轲刺秦的具体细节，苏武之父苏建讲述了卫青的缺点，樊哙之孙樊他广讲了汉初几位功臣的故事。他还与朱建之子评议过陆贾，与贾谊之孙贾嘉通过信，与冯唐之子冯遂是好友。非但如此，他还亲眼见过飞将军李广、大侠郭解等烜赫一时的人物，可谓交游极为广泛。这些经历丰富了《史记》的来源的同时，也加深了他对这些著名历史人物的理解。一切可以说都在有条不紊地进行着，但是一次与他毫无关系的事件毁了司马迁的一生，但是从某种程度上来说，也成就了司马迁的一生。没有这件事，《史记》也应出现，但是绝不会写得像现在这般动人心魂，让人刻骨铭心。

公元前 99 年，飞将军李广之孙李陵以五千步兵直捣匈奴王廷，向汉武帝表达自己堪为霍去病接班人的昂扬斗志。李陵在浚稽山遭遇到单于主力，被匈奴三万多骑兵包围。李陵军人人奋勇，个个当先，重创匈奴大军。随后，八万多匈奴骑兵猛攻李陵，李陵且战且退，击杀匈奴一万余人，但终究寡不敌众，在距离汉境百余里的地方，李陵军弹尽粮绝，军士甚至斩断车轮辐条做武器，箭支更是全部射光。李陵仰天长叹而无可奈何，最后时刻，李陵选择下马投降。武帝闻之大怒，满朝文武皆痛骂李陵。唯司马迁敢为李陵解释事情原委，他向武帝解释李陵平日之为人，又说他以五千步兵搏杀八万匈奴骑兵，古之名将也未过此，他认为李陵降匈奴是假降而非真心，他是想伺机立功赎罪而报效朝廷。

司马迁侃侃而谈，有理有据，不由人不信服。但是，怒火中烧的武帝根本不信司马迁之言，以诬罔之罪判处司马迁死刑。后来虽然司马迁之子散尽家财为父亲求得一命，但是最后司马迁仍被处以宫刑，在肉体上和精神上司马迁都遭受了非常人所能想象的痛苦与创伤。遭受如此非人刑罚，司马迁第一个想到的就是“自杀”，连一个男人的尊严都没有了，活着又有何意义呢？正如他自己所说“且夫臧获婢妾，犹能引决，况仆之不得已乎！”也许死亡是他最好的归宿。但是就在他准备结束这屈辱的一生的时候，他想到了自己的父亲，父亲留下的遗愿未能完成，他死后又有何面目面对父亲呢？“面对大辟之刑，慕义而死，虽名节可保，然书未成，名未立，这一死如九牛亡一毛，与蝼蚁之死无异。”好一个“书未成，名未立”，正是这句话，让司马迁忍着含垢地继续活下去。

他没有选择死亡，出狱后，他任中书令，顶着无法想象的精神与肉体上的痛苦，继续写作《史记》，而这一次，他没有了退路，他后半生的生命，通通交给了这部支撑他活下去的《史记》。他将他的生命、他的血泪、他的灵魂、他的无奈、他的悲哀都写了进去，所以他说："盖文王拘而演《周易》；仲尼厄而作《春秋》；屈原放逐，乃赋《离骚》；左丘失明，厥有《国语》；孙子膑脚，《兵法》修列；不韦迁蜀，世传《吕览》；韩非囚秦，《说难》《孤愤》；《诗》三百篇，大底圣贤发愤之所为作也。此人皆意有所郁结，不得通其道，故述往事、思来者。"他将自己列入了文王、仲尼之列，是在遭遇了重重磨难之后通过著书来宣泄自己心中的抑郁与愤懑。所以《史记》对他而言，不仅仅是对以往历史的记述与总结，更重要的是与自己坎坷、凄凉的身世凝铸在了一起。在许多人物传记中，都蕴含了他慷慨而悲壮，磊落而唏嘘的生命寄托。正是在著述过程中前后心态的巨大变化，让《史记》既成为一部不朽的史学著作，也成为司马迁用灵魂与肉体的伤痛所写就的史传文学经典。

《史记》，被他用生命赋予了生命。在坚忍与屈辱中，他用残缺的身体，完成了作为一名太史令，一个儿子，一个真正的男人该完成的使命，他征服的，不仅仅是汉武帝，更是整个历史。

内容简介

《史记》是西汉著名史学家司马迁撰写的一部史书，是我国历史上第一部纪传体通史，所谓纪传体，就是通过记叙人物活动反映历史事件的史书体例。纪是帝王本纪，传是重要人物的列传。纪传体史书的最突出特点是以大量人物传记为中心内容，是记言、记事的进一步结合，能够更好地表现人物的性格。司马迁在《报任安书》中说，他写作《史记》的宗旨是"究天人之际，通古今之变，成一家之言"。正是基于这样的宗旨，他创造性地创立了纪传体通史这样的体例。我们今天所说的"二十四史"，包括《史记》在内，都是纪传体史书，可见《史记》开创意义的巨大。

《史记》最初没有固定名字，被称《太史公书》或《太史公记》，最早称司马迁这部史书为"史记"的，是东汉桓帝时写的《东海庙碑》。"史记"本来是古代史书的总称，汉桓帝之后，"史记"逐渐成为《太史公书》的专有名词。《史记》全书包括十二本纪（记历代帝王政绩）、三十世家（记诸侯国和汉代诸侯、勋贵兴亡）、七十列传（记重要人物的言行事迹，主要叙人臣，其中最后一篇为自序）、十表（大事年表）、八书（记各种典章制度，记礼、乐、音律、历法、天文、封禅、水利、财用），共一百三十篇，全书五十二万六千五百余字。记载了上至传说中的黄帝时代，下至汉武帝元狩元年间共三千多年的历史。

凡事都有例外，《项羽本纪》《孔子世家》《陈涉世家》是《史记》中的几个例外。

项羽并没有称帝而入本纪，孔子、陈涉非诸侯而入世家。项羽入本纪是因为他是推翻秦王朝的最主要力量，推翻秦王朝之后，他自封为"西楚霸王"，分封天下，刘邦也被项羽封为汉王。虽然项羽并未使用皇帝称号，但是事实上项羽已经拥有皇帝的权力。所以，司马迁把项羽写入了本纪，而不是世家。可见司马迁并未受到成王败寇思想的束缚，他认为项羽在灭秦中有很大功劳，功业可与刘邦相比，所以他并不因为刘邦将项羽打败而贬低他。当然，这其中也有司马迁对项羽人格的一种偏爱与推崇。

孔子入世家是因为他拥有巨大的影响力，他也是传承三代文化的宗主。再加上当时汉武帝独尊儒术，孔子又是儒家学派的创始人，所以孔子虽然没有被封侯赐爵，可是上自天子诸侯，下到布衣平民，无不对其推崇备至，都知道孔子是一代圣人。司马迁将之列入"世家"也反映了思想领域的现实情况。

至于陈涉，他出身贫寒，虽然曾自立为王，但是为时仅半年，称不得是诸侯。但他是灭秦的首倡者，更是三代以来以平民起兵反对暴政的第一人，而且灭秦的侯王又多是他所建置的。司马迁将之列入世家，更足以说明司马迁所看重的是功业，而不是成败。这三个例外反映了司马迁极为进步的历史观。

作品影响

1. 史学意义：《史记》是中国历史上第一部横贯古今，纵览百世的通史巨著，也是我国纪传体史学的开山之作。通史的学风，一直影响到近现代的史学写作，例如柏杨的《中国人史纲》、钱穆的《国史大纲》等，以人物为中心的纪传体体例更加被后来历代官方修订的"正史"所传承，"二十四史"全部都是纪传体史书，有的例目稍有变化，但不论怎样变也离不开《史记》的功劳。正如宋代史学家郑樵所言："百代而下，史官不能易其法，学者不能舍其书，六经之后，唯有此作。"翻译过来就是说："西汉以后，史官没法改变司马迁的笔法，文人学者没有人能回避司马迁的书，在儒家六经之后，这部作品是最好的。"《史记》标志着中国古代史传文学的发展已经达到顶峰。

2. 文学意义:《史记》对后代的小说、戏剧、传记文学、散文都有广泛而深远的影响。

《史记》中的许多故事情节曲折离奇,人物形象栩栩如生,后世小说创作中运用的许多手法在《史记》中都已经开始运用。例如把人物性格放在一种非常激烈的矛盾中加以表现,使用符合人物性格、身份的语言,通过细节凸显人物性格等。而且我国文化中最具代表性的武侠小说,源头即来自《史记》中的《游侠列传》。

《史记》的许多故事在古代流传非常广泛,而且人物性格鲜明,矛盾冲突尖锐,所以自然而然地就成为后代戏剧取材的宝库。

在传记文学方面,由于《史记》的纪传体为后代史书所继承,由此产生了大量的人物传记。

《史记》也是我国古代散文写作的楷模,无论是它的写作技巧、语言特点还是文章风格,都令后世散文大家推崇备至。

总之,《史记》对后代史学和文学的发展都产生了非常深远的影响,被鲁迅称赞为"史家之绝唱,无韵之《离骚》",放眼整个中华文明,在史学界与文学界都具有重大意义的,也只有《史记》这一部书了。

阅读建议

1.《史记故事》与《史记》既有联系又有区别。《史记》是一部具有划时代意义的著作,但其中人物众多,故事庞杂,全文为文言文,因此一般读者阅读起来有一定难度。《史记故事》取材于《史记》,故事去粗取精,只保留《史记》中最经典的故事、最精华的人物或事件。《史记故事》忠于原著,人物生平、历史事件无篡改、无虚构,并且以现代人的视角用白话文写作,更容易贴近读者。《史记》以人物为中心,无论是本纪还是列传都是写一个人的生平事迹,但也有些许弊端,就是一个事件可能有多个人参与,但在一个人的传记中这个事件可能反映得不够完整。而《史记故事》以故事为中心,在刻画人物的同时,将与事件有关的人物的言行、事迹融合到一篇中。这样能够更加真实地反映历史原貌。同时,《史记故事》加入了作者的总结、评价等,有利于读者理解人物性格及历史事件。为更好地理解《史记》的内涵,在阅读《史记故事》前应首先了解《史记》原著的相关知识。

2.为适应读者阅读水平及知识层次,《史记故事》对一些生僻字、词进行了注音及解释,并对文中出现的成语进行了详细的注解。文末的知识链接或对故事叙述的人物进行客观的评价,或补充文章中的历史知识,或总结出文中出现的文学常识,或对历史事件进行综述评析。知识链接能拓展读者的知识面、增加阅读量、树立辩证的历史观,使读者了解先秦至汉初的社会文化、风俗以及历史风貌。

要点提示 —————————————————————

一、了解并热爱《史记》作者

　　《史记》是中国第一部纪传体通史,被列为"二十四"史之首,记载了上至上古传说中的黄帝时代,下至汉武帝元狩元年间共三千多年的历史。作者创造性地以纪传体的方式书写漫长的中华历史,以本纪、世家、列传、书、表等体裁表现纷纭浩瀚的历史,新颖而具体。对中华民族和中华文明来说,《史记》具有无可比拟的重要性。秦始皇统一了中国大地,汉高祖刘邦稳定了中央集权的封建社会制度,司马迁则以一支如椽巨笔,定格了中国的历史。正是因为有了司马迁,先秦的历史和文化得以全面、系统的保全和固定。因此,读《史记故事》,首先就要了解司马迁这个人,最好读一读他的《报任安书》,以感受他的胸怀和气度,理解他为中华民族编撰史书的伟大责任心和使命感,理解他忍辱负重,一心造史的伟大精神,理解他的历史哲学和历史叙事艺术。对司马迁本人有所了解后,自然就会对《史记》这部书产生兴趣和敬重之心,进而顺利地走进《史记故事》的世界。

二、故事是重点,人物是要点,以时间统领全篇

　　《史记》是一部具有划时代意义的历史著作,鲁迅誉之为"史家

之绝唱,无韵之《离骚》"。《史记》又是一部内涵丰富的历史著作,线索纷纭,人物众多,除了历史人物和历史事件之外,还有众多的文化、典章制度和政治、经济、军事、社会生产等内容,还包括司马迁的历史论说和历史结论,因此,想读通《史记》并不是一件简单之事。

一般来说,对《史记》的读法可以有很多种,如专家的读法,爱好者的读法,大众的读法,学生的读法等。学生的读法就是要抓住要点和核心内容,同时点面结合。面上,了解整部《史记》的基本内容;点上,掌握《史记》的重点章节和有关史实及历史人物。《史记故事》以故事和人物为主,省略掉了过多的枝蔓和资料性的内容,是一部化繁就简、彰显主体的作品,因此,我们在阅读上,首先要记住故事,熟悉故事,把每个故事变成一个典故或者一个成语,比如"赵氏孤儿""负荆请罪""荆轲刺秦王"等,这样就能够记住故事本身。在熟悉故事的基础上,还要掌握人物。这些人物虽然都是历史人物,但是在司马迁的笔下,都有鲜活而独特的性格特点,都有血有肉,因此,我们要抓住人物的特点来掌握他们,不是把他们看成遥远的历史人物,而是把他们看成生活中的普通人,这样,就能够抓住人物和理解人物的特点并理解他们的所作所为。

因此,读《史记故事》,故事是重点,人物是要点,能够记住故事,能够把人物放在故事中掌握,能够从中读出历史的风云变幻并获得一定的历史经验与知识,是阅读《史记故事》的重中之重。

除此之外,时间线索也是《史记故事》的要点之一,这个时间是从三皇五帝开始,经由夏、商、周、春秋战国到西汉初年,因此,读故事和学人物时,必须先有时间观念,必须先在时间坐标上将故事和人物定位,然后再阅读,这样就能在整体上掌握和把握《史记故事》。

时间、故事、人物，是《史记故事》的三要点。

三、章回体的写法有效而便捷

用章回体的文体将中国浩繁的历史通俗化和简化，这个传统在中国源远流长，《三国演义》《东周列国志》等就是此中的精品。近代的蔡东藩更是以章回体的形式，将中国的二十四史全部写成章回体的小说，以便一般读者阅读并产生足够的兴趣。《史记故事》亦采用章回体的写法，抓住《史记》的核心内容，用章回体题目将故事和人物呈现和固定起来，非常便于学生学习和掌握《史记》。翻开《史记故事》，先不看内容，把题目看一遍，就能够基本了解《史记》的主要内容，这不能不说是本书的一个特点，《史记故事》的各章题目准确而概括性强，因此，这些题目就构成了本书的另一个要点，如果记住这些章回体题目，会起到事半功倍的阅读效果。

《史记故事》的文字简洁流畅，主要以历史事件和史实为基础，重点放在人物和故事上，编者将篇幅浩繁的《史记》浓缩成了一本精确而简明扼要的历史读物。因此，理解改编者的叙事技巧和策略，也是《史记故事》的学习要点之一。独立成篇，但又筋脉相连；人物众多，但是特点突出，以史实为基础，画龙点睛般的抒情议论；突出故事和人物，省略其他，是《史记故事》改写的主要策略和成就，也是本书的要点之一，更是读者阅读时需要特别注意的地方。

（董辑）

史记故事

第一回　促融合华夏奠基　举贤能尧舜禅让

　　黄帝被奉为中华民族的始祖,姓公孙名轩辕(xuānyuán),是少典部族的子孙。黄帝的诞生充满了灵异色彩,他一生下来就会说话。黄帝聪明伶俐(línglì),学习勤奋刻苦,为人诚实守信,长大后更是博闻强识(形容知识丰富,记忆力强。识,zhì)、见多识广,在部落中颇具领导才能。

　　黄帝的主要功绩在于通过部落战争,促进民族融合,促使华夏民族的形成。部落融合主要经历了两次大的战争。一次是黄帝与炎帝的战争,一次是黄帝战蚩尤(chīyóu)。

　　在部落时代,各部落互相讨伐攻战,生灵涂炭(人民陷在泥塘和火坑里,形容人民处于极端困苦的境地。生灵,百姓;涂,泥沼;炭,炭火),没有一个部落强大到具备平定天下的能力。在这种情况下,黄帝励精图治(努力振奋精神,力求治理好国家。励,激励;图,设法;治,治理),训练部落军队,增强军事实力,去征讨那些残害百姓、不守道德的部落。经过几番征战,黄帝部落脱颖而出(比喻人的才能完全显露出来。颖,细长物体的尖端),逐渐形成了一个强大的部落联盟。

　　在统一各个部落的进程中,炎帝部落不服黄帝的统治,这就不可避免地产生了冲突。炎帝部落曾经强大过,不过在黄帝部落崛起时,炎帝部落早已褪去了昔日的光辉。黄帝征讨炎帝,在阪(bǎn)泉的郊野先后打了几场大战,但想要征服炎帝部落也不是那么容易的事,所谓瘦死的骆驼比马大,炎帝部落拼死抵抗,战争陷入胶着(jiāozhuó,比喻相持不下,分不出胜负)状态。最后黄帝使出了撒手锏(jiǎn),派出熊、罴(pí,棕熊)、貔貅(píxiū,古时的一种猛兽)、虎等猛兽,最终才征服炎帝部落。

在征服炎帝部落后,黄帝将炎帝部落和自己的部落融二为一,黄帝的势力进一步扩大,所以我们中国人都称呼自己为炎黄子孙。在黄帝的管辖范围内,有一个部落不听从黄帝的统治发动了叛乱,它就是蚩尤部落。黄帝调集各部落的军队,在涿(zhuō)鹿郊野与蚩尤展开了大战。当时,战场上大雾弥漫,不辨方向,黄帝制作了指南车,成功找到敌人并击败了他们。蚩尤首战失利,重整旗鼓,请出风伯雨师助阵,天空立刻大雨滂沱(pāngtuó),黄帝的军队失利。黄帝受到挫折没有灰心丧气,他请出旱魃(传说中引起旱灾的怪物。魃,bá),顿时天朗气清,士兵精神倍增。尽管蚩尤进行了拼死抵抗,但最终还是被黄帝擒获并杀死。除掉了两个实力最强的对手,黄帝统一各部落的进程更加顺利了,在众多部落头领的拥护下,他做了天子。

黄帝登基后,在涿鹿山的山脚下建起了都城。他派人观测太阳的运行,用蓍(shī)草占卜推算历法,确定节气时辰;让百官教授百姓播种粮食作物,驯服鸟兽,饲养蚕虫。他任用风后、力牧、常先、大鸿等人治理民众,经过治理,天下安定了,百姓安居乐业。为了保证国家的安全,黄帝巡视国境,往东到过东海,登上了丸山和泰山;往西到过空桐,登上了鸡头山;往南到过长江,登上了熊山、湘山;往北驱逐了荤粥(xūnyù)部族。

黄帝是上古时期,"五帝"之首,其他几位分别是颛顼(zhuānxū)帝高阳、帝喾(kù)高辛、帝尧放勋、虞舜重华。

　　颛顼帝高阳是黄帝的孙子，帝喾高辛是黄帝的曾孙，帝尧是帝喾的儿子，也就是黄帝的玄孙，这几位帝王都和黄帝有紧密的关系。那么虞舜又是谁呢？虞舜名叫重华，重华的父亲叫瞽叟(gǔsǒu)，瞽叟的父亲叫桥牛，桥牛的父亲叫句望，句望的父亲叫敬康，敬康的父亲叫穷蝉，穷蝉的父亲叫颛顼，颛顼的父亲叫昌意，昌意的父亲叫黄帝，原来虞舜也是黄帝的后代啊。只是自从穷蝉开始，家道中落，逐渐成为身份卑微的老百姓罢了。

　　在上古时期，并没有世袭制，部落首领及天子都是大家推举出来的贤能的人。天子的位子，要传位给德行高尚、有能力治理天下的人，这种传承的方式叫禅让制。

　　历史上最著名的禅让是尧舜禅让，帝尧把天子之位禅让给了虞舜，虞舜做了帝尧的接班人，但是天子并不是轻易就能当的，要经过重重考验。虞舜经历了帝尧哪些考验呢？请看下回——帝尧禅让天子位　虞舜德高过三关。

知识链接

　　本文改写自《史记·五帝本纪》。黄帝是古华夏部落联盟首领，中国远古时代华夏民族的共主，五帝之首，被尊为中华"人文初祖"。他与炎帝、蚩尤并称为"中华三祖"。黄帝在位时间很久，国势强盛，政治安定，文化进步，有许多发明和制作，如文字、音乐、宫室、舟车、衣裳和指南车等。相传尧、舜、禹、皋陶、伯益、汤等均是他的后裔，因此黄帝被奉为中华民族的共同始祖。

第二回　帝尧禅让天子位　虞舜德高过三关

虞舜获得天子之位,经受了三重考验,一是品行的考察,二是天子的赏识,三是行政能力测试。

在帝尧晚年的时候,他问群臣,谁道德高尚、能力超群,能够做他的接班人。当时能够和虞舜竞争的对手有两人,分别是丹朱和共工。下面我们来说说他们各自的来历。

丹朱——帝尧的儿子,这一点是他最大的优势,因为极有可能子承父业。支持丹朱的大臣是放齐。支持理由:丹朱聪明伶俐,通达事理,又是帝尧的亲儿子。

共工——著名的大臣,擅长集中人力做许多大事情,是帝尧的得力助手。支持共工的大臣是讙兜(huāndōu),支持理由:团结同志,工作能力强,又是帝尧的好秘书。

虞舜——一个隐士。

在三者的对决中,虞舜占尽下风。可是最终虞舜取得了胜利,这是为什么呢? 因为他的竞争对手都有一个致命的缺点——德行不好。

丹朱尽管是帝尧的儿子,但帝尧心里跟明镜儿似的,自己的儿子不适合做天子。丹朱喜欢争斗,还不时地打官司告状。至于放齐说的聪明伶俐、通达事理都是为了谄媚(chǎnmèi,用卑贱的态度向人讨好)帝尧而故意歪曲了事实,所以丹朱首先被帝尧否定了。

再说共工,共工很有号召力,很多人都听他指挥,也为国家做了不少的大事,他也是个合格的秘书。但共工喜欢夸夸其谈(形容说话浮夸不切实际),做事不遵循正道,表面上看似恭敬,其实心中特别傲慢。所以共工也不适合做帝尧的接班人。

接下来是毫无背景、两袖清风、一贫如洗的隐士虞舜,他什么也没有,只有一颗仁爱之心。怎么体现的呢?帝尧为了考察虞舜的品行,把自己的两个女儿娥皇、女英嫁给了虞舜做妻子。这种考察方式真可谓下了血本,一旦失败可就白白地赔上了两个女儿。娥皇、女英嫁到虞舜家,她们都能按照虞舜的教导恪守(谨慎而恭顺地遵守。恪,kè)妇道,尊老爱幼,和睦邻里。帝尧通过这两个女儿的行为来观察舜的德行,觉得舜是个值得信任的人,赐给舜许多东西,琴、谷仓、牛羊等。于是虞舜通过了第一关。

接下来是第二关,严格说不能叫考察,应该称之为"观察"。舜的母亲死得早,舜的父亲瞽叟(gǔsǒu)再婚,虞舜也就有了一个后妈。后来,这个后妈为瞽叟生了个小儿子,取名叫"象"。虞舜的后母恶毒心狠,他的弟弟也没有教养,十分狂傲无礼,虞舜的父亲对他也不好,他们多次合谋想害死虞舜。有一次,瞽叟让舜去修理高高的谷仓,舜上去后,瞽叟就撤掉了梯子,并且在下面放了一把火,想活活烧死舜,但是舜手里的两顶大斗笠像两个降落伞一样保护着舜从谷仓上跳下来。一计不成,瞽叟又施一计,他让舜挖井,挖到深处的时候,舜在侧壁凿出了一条通向外面的通道。瞽叟和象看舜已经挖到深处,就往井里面填土,希望活埋舜,但是舜从通道躲过了。瞽叟和象不知道这事儿,他们填完土后非常开心,以为舜必死无疑,于是商量怎样瓜分舜的财产。象要舜的两位妻子与尧赐给舜的琴,谷仓与牛羊被象分给了他的父母。就在象住在舜的屋子里弹琴的时候，舜回来了。象非常害怕舜报复，但是舜像什么都没发生过一样，仍然像以前一样孝敬父母，关爱弟弟。面对这样的父母兄弟，虞舜不仅没有怨恨，还能很孝顺，很友爱，不和他们冲突，所以虞舜的德行远远超过了竞争对手。

帝尧听说虞舜的事迹，非常欣赏他。这样，虞舜顺利地通过了第二关的考验。

第三关，行政能力测试。

为了让舜有更多的从政经验，帝尧就让舜教化百姓、治理百官、接待外宾等，舜把这些事情做得井井有条（形容条理分明，整齐不乱）。三年考核期满，帝尧对虞舜的政绩非常满意。虞舜通过了第三关。

顺利通关，帝尧准备把天子之位禅让给虞舜。但虞舜并没有立刻接受禅让，这里面还有个小插曲。

虞舜觉得自己的德行不够，深感不能胜任，就推荐尧的儿子丹朱继承王位。帝尧早已确定禅位给虞舜，于是毅然将国家交给了虞舜。帝尧死后，舜为了让位给丹朱，躲避到了黄河的南边。可是前来朝贡的诸侯们都不去丹朱那里而到虞舜这边来；打官司的都不去找丹朱而去找虞舜；唱颂歌的不歌颂丹朱而歌颂虞舜。民心所向，在众人的拥护下，虞舜回到京城即天子之位，才真正接受了帝尧的禅让。

虞舜在众位大臣的辅佐下，把天下治理得井井有条，整个社会都变得父慈子孝、兄友弟恭，就连四周的少数民族都被教化得守规矩、懂礼节。虞舜的大臣各有建树，其中有一人功劳最大，他是谁呢？他又有什么与众不同的功业？请看下回——鲧（gǔn）禹父子治洪水　禅让终止世袭立。

知识链接

本文改写自《史记·五帝本纪》。原始社会的禅让制是部落联盟民主推选氏族首领的制度，这种制度的执行机构是部落联盟会议，方式是民主推选首领，实质是在部落联盟的显贵家族圈内进行。所以它正是原始社会全面崩溃的信号，通过这种方式当上首领的人物有舜、禹。这种制度主要在黄河流域及中原地区推行。

第三回　鲧禹父子治洪水　禅让终止世袭立

在帝尧统治时期，天下常常发大水，为了治理洪水，先后涌现出两位治水英雄，他们都为治水费尽了心力，可结局却完全不同。

率先出来为百姓治水的是鲧（gǔn），鲧治水用堵塞的方式，修河堤拦截洪水，河堤越修越高，洪水却不一定在哪个地方泛滥，鲧堵住这个决口，那边又决堤了，经常是摁下葫芦浮起瓢（比喻做事顾了这头就顾不了那头），东奔西跑，疲于奔命。九年过去了，他最终还是没能阻止洪水的泛滥。由于鲧治水失败，他被代理执政的虞舜处死在了羽山。鲧死了，但是洪水还要治理，另一个英雄登场了。

为了治水，他结婚三天后就离开了家；为了百姓，儿子出生他也没有看上一眼。在外十三年，他踏遍了祖国的山山水水，旱路坐车，水路行船，泥路乘橇（qiāo，古代人在泥路上行走所乘的工具），山路用樏（jū,

上山穿的钉鞋，一说上山坐的滑竿一类的乘具）。他顶风冒雨、披星戴月拯救黎民于洪水之中。他就是三过家门而不入，治服滔天洪水的，前一个治水英雄鲧的儿子——大禹。

大禹总结了父亲治水失败的经验，他突破了常规堵塞的思维，采取疏导的方式治理洪水。他发动官员百姓开挖沟渠，顺着山势砍削树木作路标，挖开阻挡洪水去路的大山。禹为了治理洪水，辛勤劳作，一丝都不敢放松，时刻拿着测量工具准绳和规矩（校正圆形、方形的两种工具，后多用来比喻标准法度。规，圆规；矩，尺子），开划九州土地，疏通了无数的水道，修筑了无数的堤坝。在外治水十二年，他经过家门却没时间进去看看，粗茶淡饭，衣着简朴，把省下的钱用于治理洪水。经过十三年艰苦卓绝的治理，洪水终于平定了。

为了表彰大禹治水的功绩，虞舜把帝位禅让给了大禹。历史惊人的相似，大禹为了辞让帝位给虞舜的儿子商均，躲避到了阳城。但是天下的诸侯都离开商均而去朝拜大禹。天下都归心于大禹，同样在众人的拥护下，大禹即天子位。

大禹即位后，勤勉政事，为百姓操劳。后来大禹到东部巡查，在会稽(kuàijī)去世了。他把天下禅让给了益，益也想像虞舜、大禹那样做一把高姿态，让位给先君的儿子。所以益把帝位让给大禹的儿子启，自己避居到箕(jī)山。可是他万万没有想到，自己的资历尚浅，启也不是丹朱、商均那样的浪荡公子哥。启是个很贤良的人，天下的人都希望他当天子。所以诸侯都离开益而去朝拜启，因此启继承了天子之位，建立了夏朝。从夏朝开始，世袭制代替了禅让制，中国由部落联盟时代进入奴隶制时代。

时光轮转，岁月穿梭。夏朝经历了四百载，传到了最后一位国

君桀(jié)的手里。

夏桀实行暴政,荒淫无道,他不仅不关心民众的死活,甚至不让百姓从事农业生产,妨碍百姓的正常活动,以至于老百姓都痛恨地说:"这个暴君什么时候死呀,如果有那么一天,我们情愿陪着他一起死。"夏桀的德行已经恶劣到这种地步,夏朝的气数也就将尽了。在夏桀被打败后,他逃到了鸣条,临死前,夏桀说:"我真后悔没有杀死他,以至于落得今天这个下场。"夏桀口中的"他"是谁?他为什么让夏桀如此后悔呢?请看下回——成汤灭夏殷商起 商王自省敬鬼神。

知识链接

本文改写自《史记·五帝本纪》。大禹率领民众,与自然灾害中的洪水斗争,最终获得了胜利。面对滔滔洪水,大禹从鲧治水的失败中汲取教训,弃用了"堵"的办法,对洪水进行疏导,体现出他具有带领人民战胜困难的聪明才智;大禹为了治理洪水,长年在外与民众一起奋战,置家庭于不顾,三过家门而不入,体现了公而忘私、把个人的一切献身于为人民造福的事业之中的崇高精神。尤其可贵的是,大禹在治水中积极组织大家去治理洪水,一心一意地降服水患,这种执着的精神、坚定的信念是伟大的。这个传说体现了中华民族的勤劳、智慧、勇敢、奉献、坚毅不屈、万众一心战胜困难的民族精神。出自本篇的成语有:敬授人时、瞻云就日。

第四回　成汤灭夏殷商起　商王自省敬鬼神

那个令夏桀在临死前悔不当初(后悔不在当初采取另一种行动)的人不是别人，他就是成汤。

成汤曾经被夏桀囚禁在夏台，后来他逃出魔窟，这真是龙归大海，虎入山林。成汤亲抚百姓，爱民如子，诸侯都归附成汤。后来成汤率领义军灭夏，建立了商朝。一个王朝的灭亡往往是因为国君的昏聩(眼花耳聋，形容头脑糊涂，不明是非。聩，kuì，聋)，一个王朝的建立往往也是因为开国之君的德行高尚，成汤也不例外。他是位仁德的人，他的仁德甚至惠及鸟兽。成语网开一面(比喻采取宽大态度，给人一条出路)集中地表现了他的仁德品质。

有一天，成汤出外打猎，看见猎人在猎场四面张网，猎人向天祷(dǎo)告说："愿天下四方的鸟兽都落入我的网中吧。"成汤说："咳，这位老兄，做事不要这样绝好吗？你这岂不是要一网打尽了吗？做人不要赶尽杀绝，即使是鸟兽也应该给它们留一条活路啊。"于是成汤下令把三面的网撤去，只张开一面网。成汤将祷告词改为："天下的鸟兽人民，想从左边走的，向左走；想从右边走的，向右走；只有那些不听指挥的，才落入我的罗网。"成汤仁德宽厚，并且明察秋毫(原形容人目光敏锐，任何细小的事物都能看得很清楚。后多形容人能洞察事理。明察，看清；秋毫，秋天鸟兽身上新长的细毛)对于那些不爱护百姓、不遵守礼节的诸侯，他可没有网开一面。

商朝在成汤治理下,国势强盛。后来成汤去世,经过几代,太甲继承了帝位。太甲在位的初期,昏庸暴虐,不遵守成汤定下的制度,民怨沸腾。一位大臣挺身而出,他行使权力废黜(罢免。这里指取消王位。黜,chù)了太甲并把他放逐到了桐宫,这位大臣就是伊尹(yǐn)。

这位伊尹的来历颇有些传奇。据说,早年时,伊尹想见成汤却找不到机会,就想方设法做了有莘(shēn)氏的陪嫁奴,这样他就可以来到宫中,有机会接触到成汤了。伊尹做菜十分精到,一把菜刀用得出神入化(形容技艺达到了绝妙的境界),做出的饭菜喷香扑鼻。不久,他做的饭菜就获得了成汤的喜欢,他找到机会,就用做菜的道理比喻治国的道理,说服了成汤并协助他实现了国家的统一和安定。还有另一种说法,说伊尹原是个隐士,成汤派人去请他出山,去了五次他才答应辅佐成汤。他向成汤讲了治理天下的原则以及九主成功的故事。成汤十分钦佩(qīnpèi)伊尹的才学,就重用伊尹,把国政交给他。

再说那位倒霉的太甲,在桐宫住了三年,整天过着苦日子。当然他也悔过自省(xǐng),改恶从善,经过三年的闭关修炼,太甲提高了道德水平。伊尹便将他接了回来,把政权交还给他。伊尹是一名贤相,他避免了商王朝的过早衰落。

商王朝是个敬畏鬼神的朝代,所以当出现灾异现象的时候,帝王都会反躬自省(回过头来检查自己的言行得失。躬,身体;省,检查),敬天地,修人事。例如:太戊(wù)时期,亳(bó)都中的一棵桑树和一棵楮(chǔ)树长到了一起。按说两棵树长到一起也没什么大不了,关键是这两棵树一夜间长得就有两手相围那么粗。太戊感到很恐惧,就向大臣伊陟(zhì)请教。伊陟告诉太戊,帝王作为上天的儿子,如果有做得不对的事情，上天就会通过奇异的现象给他警告。如果帝王能反省自己，改正错误，任用贤臣，多做有利于人民的事，灾异现象就会消失。太戊虚心地接受了伊陟的劝告，那棵怪树果然很快就死掉了。再如：商王武丁到祖庙祭祀成汤，有只野鸡落在鼎耳上咕咕叫，武丁认为这是不吉祥的征兆。大臣祖己告诉武丁，上天监督帝王，观察帝王的言行是否合乎正义。只要帝王尽心尽力地为百姓做好事，在祭祀时注意不要失礼，执政不违背正道，就不用怕有什么灾难降临。武丁听从了大臣的劝告，重用贤臣，仁爱百姓，大臣和百姓们没有不欢呼雀跃(高兴得像麻雀那样跳跃起来，形容十分欢乐的情景)的。

后来商王朝传到了历史上著名的暴君纣(zhòu)王帝辛的手中。帝辛不学先辈的优点，却把商王武乙的无道"发扬光大"了。武乙做了哪些无道的事，帝辛的暴虐为什么有过之而无不及。请看下回——商纣王暴虐无度　谏诤臣前赴后继。

知识链接

本文改写自《史记·殷本纪》。"成汤"是商代的开国帝王，儒家、道家、墨家经典中皆提及的华夏圣人之一。后世一般都称其为"商汤"，其中的"商"字，指朝代名，"汤"才是其名。作为华夏道统的继承人，中国历代皇帝尊称其为"王师商汤王"，视为国家领导人的典范，并在文华殿供奉祭祀。为纪念他讨伐夏桀的伟大功德而制作的雅乐《濩》(已失传)，据说是华夏历史上最动听的乐章之一。商汤建立了中国历史上第二个奴隶制国家商朝，定都于亳，定国号为商。出自本篇的成语有：网开一面。

第五回　商纣王暴虐无度　谏诤臣前赴后继

上回说到商王武乙无道,他不知中了什么邪,就是想和上天过不去,他做了两件逆天之事。

第一,他要打败天。天看得见,摸不着,没有形体,怎么才能打败呢? 为了能让天有形体,武乙做了个木偶,说它是天神。武乙和这个"天神"比赛投掷,结果自然是"天神"输了。于是,武乙就侮辱它。

第二,他要射天。还是同样的问题,天没有形体,怎么才能射到呢? 这回武乙又发挥了"聪明才智",这次不是木偶人了,而是用皮革做一条口袋,里面装满了血,然后把这个口袋挂得高高的,从下面往上射箭,箭穿透了皮囊,血流如注,真像是天在流血。

武乙这样做是会遭天谴(上天的惩罚。谴,qiǎn,责备) 的。果不其然(果然如此。指事物的发展变化跟预料的一样),一次武乙到黄河与渭水汇合的地方打猎,一道闪电划过,武乙被雷劈死了。

纣王帝辛把武乙的无道"发扬光大"了,有过之而无不及。因为他遇到了一个让他不走寻常路的女人——妲(dá)己。

纣王帝辛其实文武双全,但有才无德更容易使国家陷入绝境。他天资聪颖,反应快,能言善辩,可这样的才能被用在了文过饰非(用漂亮的言辞掩饰自己的过失和错误。文、饰,掩饰;过、非,错误)、阻止劝谏(jiàn)上了;他力气超常,能空手与猛兽格斗,有这样的勇武之力,不去战胜敌人，却用到了残害忠良上；他喜欢在群臣面前显耀自己的才能，希望自己的名声高过全天下的人。他甚至自负地认为天底下没有一个人能与他匹敌。这样的人，如果遇到好的老师，也许还能变成好人。但是，自从遇见了妲己，帝辛就对貌美倾城的妲己言听计从。帝辛的暴虐主要集中在三点上：

第一，荒淫奢侈(shēchǐ)。他让乐工师涓(juān)谱制淫荡的曲子，用北方的淫猥(yínwěi)之舞配合这种靡靡之音(使人萎靡不振的音乐。指颓废淫荡、低级趣味的乐曲。靡靡，mǐmǐ，颓废淫荡)。他还用酒灌满了池塘，把肉悬挂起来像树林一样，建立的"酒池肉林"，让男男女女光着身子在里面嬉戏，彻夜不息。为了满足妲己的贪欲，他让军队横征暴敛(liǎn)，扩建亭台园圃(pǔ)，饲养各种珍禽异兽，将掠夺来的金银财宝填满鹿台的钱库。

第二，设立酷刑。在妲己的指使下，帝辛还特意制作了一种令人毛骨悚然(汗毛竖起，脊梁骨发冷，形容十分恐惧。悚然，害怕的样子)的刑具，名叫"炮烙"。这种刑罚，就是让犯罪的人在烧红的铜柱子上行走，或者将人绑在铜柱子上，然后下面点燃火炭。遭受这种刑罚的人最后会皮焦肉烂，场面血腥无比。

第三，残害忠良。帝辛的暴虐简直到了无以复加的地步，三公中有一位九侯。估计他是想讨好帝辛，就把自己美貌的女儿献给了帝辛。可是这女孩不喜欢淫荡，惹得帝辛一怒之下杀了她，还让人把她老爹九侯剁成了肉酱。大概是觉得帝辛做得太过分了，三公中的另一位，鄂(è)侯劝他不要这么做了，可是帝辛不听，两人争执起来，于是帝辛就把鄂侯也杀了，还命人把他制成了肉干。三公中的最后一位，西伯侯姬昌听说这些后暗自叹息了几声，就被崇侯虎告了密,帝辛把西伯侯姬昌囚禁到了羑里(古地名,在今河南省汤阴县北。羑,yǒu)。

帝辛三公杀其二,依旧淫乱不止。但是帝辛的暴虐并没有阻挡殷商忠臣的进谏之路。接下来的是大臣祖伊。祖伊说如果帝辛再不悬崖勒马(在高高的山崖边上勒住马。比喻到了危险的边缘及时清醒回头。勒马,收住缰绳,使马停步),商朝的百姓就要造反了,商朝就要灭亡了。可是帝辛固执己见,根本听不进去。接下来的是微子,微子多次劝谏,帝辛仍旧不听。微子与太师、少师看到商朝没有了希望,就离开了商朝。接下来的是王子比干,比干作为商王朝的宗室再三进谏,甚至不惜性命以死强谏。帝辛对于大臣的进谏早已烦透了,这会儿比干又来添堵,他便命人剖开了比干的胸膛,把比干的心挖了出来。

纣王帝辛的暴虐什么时候才能终止呢? 谁又能首先吹响灭商的号角呢? 请看下回——周武王奉义灭商 周公旦摄政平叛。

知识链接

本文改写自《史记·殷本纪》。帝辛有暴虐的一面,也有英明的一面。历史上真实的帝辛重视农业生产,商朝国力强盛。他对东夷用兵,阻止了东夷向中原扩张,把商朝势力扩展到江淮一带。特别是讨伐徐夷的胜利,把商朝的国土扩大到山东、安徽、江苏、浙江、福建沿海。帝辛对东南夷的用兵,保卫了商朝的安全。帝辛统一东南以后,把中原先进的生产技术和文化向东南传播,推动了社会进步和经济发展,促进了民族融合。出自本篇的成语有:靡靡之音、囊血射天、酒池肉林。

第六回　周武王奉义灭商　周公旦摄政平叛

　　漫漫谏诤路,无数人倒在纣王帝辛的屠刀下。但有一个人幸运地活了下来,他就是西伯侯姬昌。

　　当年,西伯侯姬昌被囚禁在羑里,他的臣子闳夭(hóngyāo,西周开国功臣,与散宜生、太颠等共同辅佐姬昌)等人为了营救他,不远千里,广寻四方珍宝。他们求得了有莘氏的美女、骊(lí)戎的毛色有斑纹的千里马、西海之滨的白狐青翰、江淮之浦的大贝砗磲(chēqú)等献给帝辛,帝辛非常高兴,不仅赦免了西伯侯姬昌,还赐给他弓矢斧钺(yuè,古代兵器,青铜制,像斧,比斧大,圆刃可砍劈,中国商及西周盛行。又有玉石制的,供礼仪、殡葬用),让他充当西方诸侯的首领,获得弓矢斧钺就象征着拥有征伐的权力。从此,西伯侯姬昌不仅获得了自由,还凭借帝辛赋予的权力,统一了西部的广大地区。

　　西伯侯姬昌三分天下有其二,但他并没有推翻殷商,而是武王姬发推翻了纣王帝辛的暴虐统治。

　　武王伐纣也不是一蹴而就(踏一步就成功。比喻事情轻而易举,一下子就成功。蹴,cù,踏;就,成功)的事,武王曾经距离推翻殷商只差一步。武王率领大军渡黄河,到达孟津。当时没有约定就到来的诸侯足有八百多位,诸侯们听说武王要进攻商朝,都不约而同地率军前来助战。尽管千军万马已列阵整齐,尽管商朝的国都近在咫尺(比喻很近的距离。咫,zhǐ),但武王还是放弃了进攻。这是为什么呢？这是因为武王行军途中遇到了两次奇异事件。

武王乘战船渡黄河时，突然，水面翻腾，一条白鱼跃入武王的船中，武王感到很奇怪。渡过黄河后，大军行进到孟津时，天空中没有乌云，却发出了巨大的雷声，有一团红色的火焰从天而降，落到武王的帐篷顶上，变成乌鸦的形状。这两次奇异的事件，经过祭祀占卜，显示商朝气数未尽，现在也不是讨伐商朝的最好时机。所以武王就遣散了各路诸侯，率领大军班师回朝了。

真正推翻商朝的战争是牧野之战。

几年后，为了推翻纣王帝辛的暴虐统治，武王和诸侯约定在牧野发动总攻。在甲子日的清晨，武王很早就来到了商都郊外的牧野检阅军队。牧野广阔的原野上，军队整齐划一，战车高大，战马嘶鸣，各路诸侯的旗帜在风中猎猎作响。武王左手持铜斧，右手握白色的牦牛尾登上检阅台，他发布了灭商宣言："士兵们！商纣王听信妲己的话，一切唯妲己之命是从，现在的商朝是妲己掌管天下，这就是牝鸡司晨（母鸡报晓。旧时比喻妇女窃权乱政。牝，pìn）。如果哪家的母鸡在黎明时啼叫，那么这家就要灭绝了，所以商朝就要灭亡了。纣王帝辛不祭祀祖先，不尊重老人，荒废国政，残害忠良。今天，我们顺应天命，解民于倒悬。士兵们，勇往直前，冲向前方，去消灭暴君！"伴随着咚咚的战鼓声，反商联军开赴前线。这次进攻商朝，武王率领了三百辆兵车、三千名虎贲（勇士。贲，bēn）勇士、四五万士兵来和商朝的七十万军队作战。商朝军队虽多，但皆无斗志，士兵大多是刚刚解除镣铐（liàokào）的奴隶，他们都希望压榨（zhà）自己的商朝灭亡。反观周军，人数虽少，却斗志昂扬，个个如熊罴虎豹。武王骑着战马，手持长戟（jǐ），率先冲向商朝的军队，商朝的军队不仅没有抵抗，反而临阵倒戈(比喻掉转矛头进攻自己原来所属的一方),为武王开路。等杀到鹿台,武王发现残暴的纣王帝辛早已自焚(fén)而死。尽管纣王已经死了,但武王还是象征性地向他的尸体射了三箭,以表示商朝的灭亡,然后用铜斧砍下纣王的头颅,悬挂在大白旗的旗杆上,那祸国殃民的妲己也上吊自杀了。

战后,武王为了稳定商朝原来统治区域的百姓,仍旧让帝辛的儿子武庚(gēng)管辖商朝的百姓。当然,为了监督武庚,武王派自己的弟弟管叔鲜、蔡叔度帮助管理商朝遗民。他还命令召(shào)公释放了被囚禁的箕子,又命令南宫括(又称南宫子。著名西周贤者。周文王手下著名的"八士"之一)散发鹿台的钱财,发放巨桥的粮食,命令闳夭重修比干的坟墓。为了安定天下,武王还分封了各地诸侯,把炎帝的后代分封到焦地,把黄帝的后代分封到祝地,把尧的后代分封到蓟(jì)地,把舜的后代分封到陈地,把禹的后代分封到杞(qǐ)地。这些分封的诸侯后来都以封地做自己诸侯国的名字。与武王一起打天下的功臣谋士首先被分封的是太公吕望,武王把他封在营丘,国号为齐。武王又将弟弟周公旦封在曲阜(qūfù),国号为鲁。将召公奭(shì)封在燕。其余的人也都按各自顺序接受了分封。

推翻了商朝,平定了天下,武王的身体状况也每况愈下(表示情况越来越坏),他知道自己的时日不多,就将太子成王托付给自己的弟弟周公旦。当时武王的儿子成王仅仅六岁,根本没有能力治理朝政,周朝又刚平定天下,诸侯还有可能背叛周朝。周公按照武王临终时的遗言,代替成王处理政事。周公旦代理朝政,这是武王的遗命,朝中大臣有目共睹(大家的眼睛都能看得见。形容极其明显。睹,看见),但是身在朝外的管叔鲜、蔡叔度却怀疑周公有篡(cuàn)国野心,就联合武庚作乱,背叛了周朝。周公率领大军,讨伐诛杀了武庚、管叔,流放了蔡叔。为了安定商朝的遗民,周公选取了德行正直,曾经进谏过纣王帝辛的商朝贤人微子,让微子建立诸侯国宋国来安顿商朝的遗民。

周公辅佐武王得天下,代理成王治理天下,制礼作乐,任用贤人,身居高位,手握权柄却无篡夺之心。周公是对中国先秦政治格局与文明产生影响最大的一位政治家与先贤。

西周经历数百年而不衰败,全靠周公之力,直到周朝出了两个昏庸的君主,周厉王和周幽王,他们做了哪些暴虐之事呢?请看下回——周厉王弭谤(mǐbàng,止息诽谤。弭,消灭,平息)身死 周幽王烽火亡国。

知识链接

本文改写自《史记·周本纪》。武王伐纣是我国历史上的一件具有划时代意义的大事。它是商衰周兴的转折点,是有道伐无道,是顺应历史发展潮流的,是合乎人心、顺乎民意的正义战争。这还形象地反映了一个腐朽的统治集团和一个带有民主性力量的集团间冲突和斗争的过程,揭示了腐朽必然灭亡和新生必然胜利的历史真理。出自本篇的成语有:左支右绌。

第七回　周厉王弭谤身死　周幽王烽火亡国

周厉王姬胡贪财好利,生活奢侈,不理朝政,百姓怨声载道(怨恨的声音充满道路。形容百姓普遍怨恨不满),大臣进谏他就当耳旁风。

厉王不想听大臣们絮絮叨叨的规劝,更不爱听百姓的埋怨牢骚,他想让所有人都闭嘴,那样就再也听不到那些令人讨厌的话了。于是他找来一名卫国的巫师,让他去监视那些议论自己的人。卫巫有一个水晶球,能够看到国都中谁在背地里说厉王的坏话。只要卫巫来报告,厉王就把那些议论自己的人都杀掉。有了卫巫的帮助,大臣们没人敢进谏了,国都内的百姓也不敢再发牢骚埋怨了,甚至说话都不敢了,人们在道路上相见也只能用眼色示意。

厉王很高兴自己能制止百姓的议论,但是大臣召公为了规劝厉王,费尽心思给他打了个比方。当年鲧治水用堵的方式最终失败了,所以堵住百姓的口,不让他们说话,就好比筑堤堵住了江河。江河堵塞后决堤,洪水泛滥,伤害的人一定很多;堵住百姓的口,一旦百姓暴动,国家就会灭亡。治理国家要像大禹治水一样,让百姓发表意见,防民之口甚于防川(指阻止人民进行批评的危害,比堵塞河川引起的水患还要严重),但是厉王听不进去。

三年后,国人最终忍受不了厉王暴虐的统治,起来造反,袭击厉王。厉王逃奔到了彘(zhì)地,最后死在那里。

在周幽王执政期间,西部的少数民族犬戎大举进犯周朝边境,狼烟四起,犬戎军队一路长驱直入,直逼周朝都城镐(hào)京。周幽王点起召集各路诸侯勤王(指君主制国家中君王有难,而臣下起兵救援君王)的烽火,可是直到犬戎军队兵临城下,勤王的诸侯也没有来,周幽王落得个城破身死的下场。为什么点燃烽火,诸侯却没来勤王?这都是因为周幽王曾经在没有外敌入侵国家的情况下点燃过烽火。

周幽王为什么在没有外敌入侵国家的情况下点燃烽火呢?原来,点燃烽火竟然是为了博得美人一笑。周幽王有一个爱妃名叫褒姒(bāosì),褒姒貌美倾城,周幽王很宠爱她,什么要求都答应她。可是她不爱笑,周幽王用了各种各样的办法都不能让褒姒开怀大笑。当他听说褒姒喜欢看混乱的场面时,他做出了一个惊天之举——点燃了烽火台。点燃烽火就是告诉各地诸侯,国家遭受了敌寇进犯,需要各路诸侯进京勤王。诸侯们看到烽火,急急忙忙带兵赶到镐京,却发现没有敌人,众多军队拥挤不堪,车马凌乱,士兵穿戴不整。褒姒看到城下人头攒(cuán)动、兵拥将挤的景象,开怀大笑。周幽王看到褒姒开心地大笑,自己也高兴地笑了起来。诸侯们一路飞奔进京勤王,却发现自己被耍了,他们生气地离开镐京,发誓天子有难再也不去勤王了。周幽王终于使爱妃开怀大笑了,可是这一笑,笑掉了周王朝的威严,笑失了周王朝的信誉,笑没了周王朝的国家。

那么,这个一笑失国的褒姒是从哪里来的呢?那还得从遥远的夏朝说起……

在夏王朝衰落的时候,有两条龙降落在夏朝的宫廷内,并自称是褒国的两位先君。夏帝让人占卜,杀死、赶走、活捉这两条龙都不吉利,收集龙的口水收藏起来才吉利。于是夏帝摆上供品,宣读祭文,把龙流下的口水收集起来装到匣子里,并将这个匣子封藏起来了。夏朝灭亡了,匣子传到殷朝。殷朝灭亡了,匣子传到周朝。经过三个朝代,从没有人敢打开匣子。直到那个弭谤的周厉王,他无所顾忌地把匣子打开看了。这一看不要紧,龙的口水流到了庭院中,变成黑色的蜥蜴(xīyì)蹿入厉王的后宫。正巧一个刚换牙的小婢(bì)女踩到蜥蜴爬过的地方,这个小婢女到了十五岁时就怀孕了。后来这个婢女生下了一个女婴,她很害怕就把婴儿扔掉了,这个女婴被一对贩卖弓箭的夫妇捡回家中抚养。周宣王时,有童谣唱道:"山桑木制的弓,与箕木制作的箭袋,就是它们会使周国灭亡。"宣王于是派人寻找那对夫妇,那对夫妇逃亡到了褒国。后来,褒国国君有罪,请求进献美女来赎罪,进献的美女就是当年那个被抛弃的女婴——褒姒。

褒姒深得周幽王宠爱,她为幽王生了个儿子,取名伯服。周幽王因为宠爱褒姒就废掉了原先的申皇后和太子宜臼(jiù),让褒姒做皇后,让伯服做太子。申后、太子无端被废,这惹怒了周幽王的老丈人、申后的父亲、太子的外公——申侯。申侯联合缯(zēng)国和西部的少数民族犬戎攻打周幽王,这也就出现了点燃烽火却无人勤王的一幕。

周幽王死了,各地诸侯和申侯一起拥立前太子宜臼,这就是周平王。平王即位后,看到战乱破坏的国都镐京难以修复,就迁都到洛邑。平王东迁,周王朝进入到东周时期,王室从此衰败微弱,无法抵御外族侵略,天子威严扫地,许多诸侯也都不敬周天子,但有一个人则是例外,他是谁呢?请看下回——逐戎狄匡扶(kuāngfú,匡正扶持)正义 合诸侯尊王攘(rǎng,排斥,抵御)夷。

本文改写自《史记·周本纪》。烽火台又称烽燧,俗称烽堠、烟墩,是古时用于点燃烟火传递重要消息的高台,系古代重要军事防御设施,最古老但行之有效的消息传递方式,烽火台是为防止敌人入侵而建的。当有外敌入侵时,就点燃狼粪,所以烽火又称狼烟。出自本篇的成语有:防民之口,甚于防川、烽火戏诸侯。

第八回 逐戎狄匡扶正义 合诸侯尊王攘夷

他主持过三次军事会盟,六次和平会盟,九次会合诸侯,一次安定周王室。在同列诸侯遭受外敌入侵时,他率军相救;在周王室受人欺凌时,他匡扶正义。他在中原民族衰微之际,扛起了"尊王攘夷"的大旗,他就是春秋五霸之首——齐桓公。

齐桓公能够当上国君也颇为不易,他曾经在莒 (jǔ) 国避难,这都拜他的哥哥齐襄公所赐。齐襄公不理朝政,沉湎 (miǎn) 女色,与鲁桓公的夫人、自己同父异母的妹妹私通,醉酒后杀了鲁桓公。他的几个兄弟知道国家将要动乱,恐怕祸及自己,都纷纷出国避难。

齐襄公荒淫无道,最终被臣子杀害,齐国群龙无首。为了夺取王位,避难在外的几个兄弟展开了一场激烈的归国竞赛。其中速度最快的是公子纠和公子小白。公子纠知道小白在莒国避难,就派心腹管仲到莒国通往齐国的道路上劫杀小白。道路上一辆马车飞驰，扬起滚滚尘土，车上坐着一个英俊的公子，这人正是齐国公子小白。管仲在路边的树丛中看得清楚，拉弓搭箭，"嗖"的一箭射中了小白，小白口吐鲜血倒在车中。管仲回去报告公子纠成功完成任务，公子纠认为胜券在握，就放慢了行车速度，六天后他才到达齐国。当他进入国都时却吃惊地发现小白已经当上国君。原来，管仲的箭射中了小白的带钩(古代贵族和文人武士所系腰带的挂钩，多用青铜铸造，也有用黄金、白银、铁、玉等制成。带钩起源于西周，战国至秦、汉广为流行)，小白咬破舌头假装中箭，其实伤得不重，暗中却昼夜兼程(白天和黑夜都不停地赶路)，提早回到了齐国继承了王位，这位随机应变的公子就是齐桓公。

公子纠没能当上国君，管仲自然也就成了阶下囚，齐桓公现在手握生杀大权，他要杀掉管仲以报一箭之仇。鲍叔牙和管仲是朋友，他十分了解管仲具备辅佐桓公称霸天下的才能。鲍叔牙劝告桓公，管仲不能杀。彼时，管仲暗放冷箭也是各为其主。现今如果只求治理好齐国，有高傒(xī)和自己就足够了；如果打算称霸天下，那就非管仲不可。齐桓公是个有雄心壮志的人，听从了鲍叔牙的建议，与管仲冰释前嫌(形容人与人之间的矛盾、怀疑像冰一样完全融化、消失)。管仲与鲍叔牙、隰(xī)朋、高傒等改善齐国政治，实行兵役制度，发展经济，齐国国力大增。

齐桓公能够成为春秋五霸之首，主要有以下几点功绩。

一、解除燕国危难。燕国遭受北方的山戎(春秋时，西北方的少数民族)大举侵犯，情势危急，燕王向齐国求救。齐桓公率兵救燕，讨伐山戎，一直打到孤竹(商周时国名，在今河北省卢龙县)，彻底解除燕国危险才撤军。燕庄公为了感谢齐桓公，一路送行，不知不觉已经进入了齐国的国界。按照周朝的礼制，除非周天子，诸侯送行不能走出自己的国界。齐桓公慷慨大方，便把燕庄公走过的区域都划给了燕国。诸侯听说了这件事，都很敬佩齐桓公。

二、驱逐狄人（古代华夏人对北方少数民族的统称，即北狄。《礼记王制》："东曰夷、西曰戎、南曰蛮、北曰狄"），重建卫国。卫国遭到狄人的侵略，危在旦夕。齐桓公率领诸侯打败了狄人，又替卫国修筑了城池，重新扶立了卫国国君。

三、讨伐楚国，维护周王室威严。按照礼制，各诸侯国每年都应向王室进贡。楚国看到王室衰微，就连每年例行的进贡都取消了。齐桓公为保周王室颜面不失，维护周礼，率领诸侯向南讨伐楚国。齐国率领诸侯联军大兵压境，楚成王见诸侯联军军容盛大，要真打起来，自己的国家可能占不到便宜，就承认错误，保证今后一定按时纳贡。

齐桓公赶走山戎，解除了燕国的危难；驱逐狄人，重建卫国；教训楚国，扶助周王室。齐国在诸侯国中威信大增，为了宣扬自己的功绩，齐桓公在葵丘大会诸侯。为了表彰桓公攘除外夷、辅佐周室的功劳，周襄王派人给齐桓公送来了祭祀文王、武王所用的祭肉、红色的弓箭和车辆以示恩宠，还特意让桓公接受赏赐时不必下拜。桓公志得意满（志向实现，心满意足）就有了骄矜（jiāojīn，骄傲自大）之心，想接受赏赐时不下拜。但管仲劝谏桓公，不下拜就接受赏赐不符合礼节。桓公虚心地接受了管仲的意见。

会盟诸侯，发扬威德，万国臣服，桓公仍旧不满足。他认为自己南征召陵，北伐山戎，西讨大夏，攘除外夷，安定周室，这样的功绩比得上商汤、文武。所以还要封（古代帝王在泰山祭天的大典叫"封"）泰山祭天,禅(shàn,古代帝王在泰山下的梁父祭祀地的大典叫"禅")梁父(地名)祭地,向上天禀告功绩。管仲听说后极力劝谏,但是桓公不听。最后管仲推说封禅要有祥瑞出现,要搜集远方的奇珍异宝才行,桓公这才作罢。

在晚年的时候,齐桓公早已失去了年轻时的意气风发,他任用三个奸臣,最终导致齐国大乱。这三个奸臣为了谄媚(chǎnmèi)讨好齐桓公,各自使出了绝招。

第一人,厨师易牙。山珍海味、珍馐(xiū)佳肴谁天天吃也会吃腻,一天,齐桓公心血来潮随口说没有尝过人肉的滋味。说者无意,听者有心,厨师易牙把齐桓公的话放在了心上。一天,他为桓公献上一道菜。桓公品尝后,赞不绝口,称其为绝品。原来,易牙为了满足桓公追求极致味道的需求,把自己三岁的儿子杀了做菜。

第二人,公子开方。为了侍奉齐桓公获得高官厚禄,公子开方背叛了自己的祖国,父母去世也不回国奔丧。不忠不孝,德行败坏之人服侍桓公,终致齐国大乱。

第三人,宦(huàn)官竖刁。竖刁是一介贫民,文不能安邦,武不能定国,也没有一技之长。但为了能够接近齐桓公,为了得到荣华富贵,竖刁一狠心,要想成功,决定自宫。竖刁阉(yān)割了自己,最终成为齐桓公的宠臣。

齐桓公晚年病重时,他的儿子们各自拉帮结党争太子之位。等到桓公去世,他们就相互攻击,以致桓公死后无人收尸入殓(liàn)。桓公的尸体在床上停放了六十七天之久,尸体腐烂,蛆虫都爬出了门外。

齐桓公死了,他所拥护的周王室却还是那样衰微,齐桓公高举的"尊王攘夷"的大旗又是谁接过去了呢？有一位齐桓公曾善待过的公子接过了齐桓公"尊王攘夷"的大旗。他是谁？他又缘何流亡他国？请看下回——杀太子骊姬乱政　诸公子海外流亡。

知识链接

本文改写自《史记·齐太公世家》。齐桓公有治国才干和雄图大略，任用管仲进行改革，使齐国国力迅速强盛，九合诸侯，安定周室，成为春秋的第一位霸主。虽然争霸战争对社会经济有破坏，劳动人民对此付出了很大的代价，但对中国的统一和各民族的融合，对中国古代历史的发展，都起到了积极作用。出自本篇的成语有：老马识途，管鲍之交，一鼓作气。

第九回　杀太子骊姬乱政　诸公子海外流亡

那个接过齐桓公"尊王攘夷"大旗的人不是别人，正是晋文公重耳，重耳在做国君前也是经历了千难万险，事情还得从他的父亲纳妾说起……

重耳的父亲晋献公率军攻打骊戎（líróng），俘虏了骊姬和骊姬的妹妹。她们长得非常美丽，所以都受到了献公的宠幸。骊姬为献公生了一个儿子，名叫奚齐；她的妹妹也为献公生了个儿子，名叫悼（dào）子。献公共有八个儿子，其中太子申生和重耳、夷吾都是贤能的人。

骊姬是个集美貌与阴险、智慧与毒辣于一身的蛇蝎美人。为了让自己的儿子奚齐坐上国君之位，她连续放了三个大招：

第一招，以退为进。献公因为宠幸骊姬，想要废掉太子，立奚齐为接班人。骊姬没有像普通女子那样，听到好消息后就笑逐颜开（形容满脸笑容，十分高兴的样子），自觉高枕无忧了。她知道献公只是有换太子的想法，真正让奚齐做太子，还有很多困难，前方的路会很坎坷，因为现在的太子申生就是一座难以逾越的大山。申生为人忠孝仁义，他曾多次带兵打仗，深得军心，安抚百姓，爱民如子。面对这样一个政治对手，骊姬以退为进，拒绝了献公立奚齐为太子的好意。献公听说骊姬不同意废太子申生，倒是觉得这个女人宽宏大度，有仁爱之心。

第二招，偷天陷阱。骊姬精心设计了一个圈套。她推说献公梦到了太子的母亲齐姜，想让太子去祭奠(jìdiàn)母亲。太子轻信了骊姬的话，到曲沃祭祀完他的母亲后，按礼制将祭肉送给献公。当时献公正外出打猎未回，申生就把祭肉留在宫中。骊姬派人在祭肉中下了毒。等到献公打猎回来，厨师献上烹制的祭肉，骊姬端过来准备递给献公，故意将盛装祭肉的器皿打翻，洒到肉汤的地面立刻鼓了起来。献公发现有毒，立刻把祭肉给猎狗吃，结果猎狗口吐白沫死了；又拿肉给太监吃，结果太监七窍（指头面部七个孔窍，眼二、耳二、鼻孔二、口）流血而死。献公大怒，追究祭肉是从哪里来的。骊姬趁机说是太子祭祀母亲后的祭肉。到这个时候，骊姬又开始搬弄是非（把别人背后说的话传来传去，蓄意挑拨，或在别人背后乱加议论，引起纠纷），说太子看上去仁慈忠孝，没想到竟然这么阴险，要毒死自己的父亲。其实国君之位，早晚都是他的，他竟然不能等一等，这么着急地想做国君。

献公年老昏聩,没有认真调查,又有骊姬的煽风点火(比喻煽动别人闹事),就坚定地认为是太子申生下毒。

有人劝太子夫献公那里辩明是非或者干脆逃跑,但是太子忠孝仁义,认为说出真相,父王就会气得生病。让年老的父亲生气就是不孝;背弃祖国就是不忠。面对两难的境地,太子最后选择了自杀。

第三招,赶尽杀绝。骊姬用计铲除了太子,还要搬掉奚齐走上国君之路的两块绊脚石——重耳、夷吾。她陷害两位公子,说他们参与了阴谋,明知太子下毒却不告诉献公。重耳、夷吾听到骊姬存心陷害,知道自己现在是百口莫辩(即使有一百张嘴也辩白不清。形容不管怎样辩白也说不清楚。莫,不能;辩,辩白),承认知情一定冤死,不承认知情一定被打死,于是就逃跑了。重耳逃往自己的封地蒲邑,夷吾逃往封地屈邑。献公派兵攻打这两个城邑,重耳又逃向狄国,夷吾逃到梁地。

三个大招放完了,在献公死后,骊姬的儿子奚齐和骊姬妹妹的儿子悼子先后做了国君,但是不久都被杀掉了。献公因宠幸骊姬,导致晋国内乱,重耳也开始了他的流亡生涯,请看下回——历磨难公子流亡　重返国文公称霸。

知识链接

本文改写自《史记·晋世家》。太子申生是个悲剧性的人物,是骊姬阴谋诡计的牺牲品,同时也是他所信奉的观念的牺牲品:既已知道罪魁祸首是谁,却为父亲的"幸福"而不愿揭露;出逃本可以成为一条出路,却以自尽来证明自己的清白。这种悲剧性的人物多半只能在古代注重孝慈、仁义的氛围中才能找到,他们把自己所信奉的道德准则看得比生命还重要，宁可自己含冤而亡，也不让自己的所作所为有损于应当忠孝的对象。

第十回　历磨难公子流亡　重返国文公称霸

上回说到晋国内乱，重耳逃往狄国，从此开始了流亡之路。离开晋国那一年，他四十三岁。尽管历尽艰辛，但在赵衰(cuī)、贾佗(tuó)、先轸(zhěn)、魏武子、狐偃(yǎn)五位贤者的辅佐下，重耳也开启了一趟不平凡的旅程。

逃亡第一站，姥爷家。狄国是重耳母亲的祖国，当外孙遇到灾祸，自然要找姥爷庇(bì)护。重耳等人在狄国住了五年，后来他的父亲晋献公去世，晋国大臣里克派人迎接他们，想立重耳为君。重耳害怕被杀，不敢回国。俗话说："撑死胆大的，饿死胆小的。"与重耳同时出逃的弟弟夷吾壮着胆子回国了，结果他做了国君，就是晋惠公。夷吾做了国君，他也不想有人抢自己的位子。于是就派人追杀重耳，这个刺客很实诚，无论为谁做事都很拼命，他就是——宦官履鞮(lǚdī)，这里有必要插叙一段。

履鞮曾经接受晋献公的命令追杀重耳，要不是当时重耳跑得快，真就被履鞮砍了。履鞮差一点就能砍到翻墙时的重耳，可惜最后只砍掉了重耳的一截袖子。现在，他又接受晋惠公的命令追杀重耳，依旧十分卖力，本来三天的路程，他两天就到了，真算得上昼夜兼程，不遗余力(把全部力量都使出来，一点不保留。遗，留；余力，剩下的力量)杀重耳啊。可惜，还是没有刺杀成功。后来，重耳做了国君后，履鞮又来投奔重耳。重耳说自己跟他往日无冤，今日却有仇。当面质问履鞮，为何当年追杀自己那么用心，分秒必争，刀刀夺命。履鞮对重耳说自己两次追杀是奉献公、惠公之命，职责所在。他又举了齐桓公能容管仲射钩之仇，终成霸业的例子，重耳于是原谅了他。后来，有人想放火烧死重耳，多亏履鞮的通风报信，重耳才免于一死。

　　闲言少叙，面对晋惠公的无情，重耳和赵衰等人商量的结果是：总在狄国待着也不是个办法，要想回国当上国君，必须要有大国的扶持。齐桓公是位英明之君，志向远大，大家最终都同意重耳的主张——投奔齐国。临行前，重耳嘱咐他在狄国娶的妻子说："等我二十五年，如果我还不回来，你就嫁人吧。"他的妻子笑着说："你可拉倒吧，人生能有几个二十五年，等你二十五年，我坟墓上的柏树都长得够粗了。但是你都这么说了，作为妻子，我还是等着你。"重耳在狄国一共住了十二年，离开狄国那一年他五十五岁。

　　逃亡第二站，卫国。卫文公有眼无珠(没长眼珠。比喻没有分辨能力，认识不到某人或某事物的重要)，对重耳十分不尊重，这也为卫国的未来埋下了隐患。重耳离开卫国时，经过五鹿这个地方，他们一行人饥饿难耐，没有办法，只好向郊野中的一个农夫要饭吃。那个农夫却把土块装在碗里送给他们。重耳早就饿得前胸贴后背了，还遭到农夫的戏耍，肺都要气炸了。还是赵衰看出了门道儿，他让重耳息怒，告诉重耳土块意味着土地，国家以土地为本，这可能预示着将来会获得晋国的土地。不仅不该生气，反而应该拜谢接受它。重耳听后觉得很有道理，就接受了土块。

　　逃亡第三站，目的地齐国。一路颠沛流离(生活艰难，四处流浪。颠沛，diānpèi，跌倒，比喻困顿，受挫折），终于到了目的地齐国。来齐国还真没白来，不像在狄国时担惊受怕，也不像在卫国时挨饿受冻。重耳不仅得到了齐桓公赠送的八十匹马和丰厚的礼物，还娶了个齐国宗室身份的小老婆。重耳有了宝马，有了美女，有了家，就安于现状（对目前的情况习惯了，不愿改变，不求进取），躺在温柔乡里不想其他事了。可惜好景不长，两年后齐桓公死了，齐国内乱，但是重耳过着衣食无忧的日子，就没有离开齐国的意思。赵衰和狐偃觉得总这样也不是个办法，就在桑树下商量如何带公子重耳离开齐国。不料他们的谈话被一个在树上采桑的婢（bì）女听见了。婢女把听到的内容告诉了重耳的夫人。重耳的这位齐国宗室夫人是个颇有见识的女子，她觉得作为一国公子，应该尽早返国，而不应贪恋安逸（yì）的生活。所以为了保密，她杀掉了那个婢女，与赵衰等人谋划送走重耳。他们设计灌醉了重耳，然后用车子载着他飞快地离开齐国，等到出了齐国国境，重耳才慢慢醒酒，睁开双眼发现香车没了，宝马没了，媳妇儿没了，别墅（shù）没了，什么都没了。被骗的重耳非常生气，拿起戈（gē，古代的一种兵器，横刃，用青铜或铁制成，装有长柄）追着砍狐偃。狐偃边跑边说，如果杀了他能成就重耳的功业，自己也心甘情愿了。重耳说如果回国做国君的事不成功，又丢了这里的荣华富贵，就吃他的肉。狐偃也嬉皮笑脸地说自己的肉腥臊（xīngsāo）无比，不值得吃。于是众人和好如初，继续赶路。重耳在齐国一共停留了五年，离开齐国那一年他六十岁。

逃亡第四站，曹国。在曹国，重耳遇到了一件令人难以启齿的事情，他被人偷窥（kuī）了。重耳有与众不同的地方，他腋下的肋骨长成了一片，叫作骈胁（piánxié）。那个偷窥的人是曹国国君曹共公，他偷窥重耳洗澡,想看看骈胁是什么样子。曹共公不懂礼貌,但是他的大臣僖负羁(jī)是个聪明人,他看出重耳并非普通的流亡公子,就劝谏曹共公,让他礼待重耳。可是曹共公觉得一个流亡的公子能有什么发展,瞧不起重耳,就没有听僖负羁的建议。僖负羁倒是个颇有心计的人,他为自己留了条后路。他私下送给重耳食物,并把一块玉璧藏在食物下面。重耳接受了食物,但送还了玉璧。真是好奇心害死人,曹共公的无礼行为,让曹国在后来遭遇了灭顶之灾。

逃亡第五站,宋国。在宋国,宋襄公以上宾之礼接待重耳,并赠送他宝马。

逃亡第六站,郑国。郑叔瞻(zhān)劝谏郑文公要善待重耳,因为郑国和晋国是同姓,郑国的祖先是周厉王,晋国的祖先是周武王。况且重耳在诸侯国中有贤能名声,跟随他的人也都个个精明强悍,像是栋梁之材。可是郑文公也像曹共公一样觉得诸侯国中流亡的公子有很多,不可能个个照顾周到,没有理会叔瞻的劝谏。叔瞻又劝谏文公,要是不能以礼相待,就杀了重耳,以免除后患,郑文公也没有听。

逃亡第七站,楚国。重耳离开郑国到了楚国,楚成王远见卓识(有远大的眼光和高明的见解),觉得重耳能成大器,就用相当于诸侯的礼节招待他,重耳辞谢不敢当。在招待重耳一行人的欢迎晚宴上,楚成王问重耳如果能够返国即位,用什么来报答他。重耳觉得楚国地大物博,物产丰富,不缺奇珍异宝,就告诉成王,如果将来万不得已与楚王兵戎相见(意指用战争解决问题。戎,róng,兵器),就会退避楚军三舍(古代行军以三十里为一舍,三舍就是九十里)的距离。重耳的回答让楚国将军子玉勃然大怒,他指责重耳忘恩负义,楚国用最优厚的礼节接待他,他却出言不逊（说出话来不谦恭有礼，形容态度傲慢。逊，谦恭），就要杀了重耳。但是楚成王不这么看，他认为尽管重耳现在流亡国外，生活困窘（jiǒng），但重耳的回答是国君的口吻，说明重耳胸怀大志，能够成就大业。自己现在帮助他，就是成人之美（成全别人的好事；帮助别人实现愿望）；并且他看到追随重耳的人都不是等闲之辈（无足轻重的寻常人。等闲，寻常，一般），说明他一定有过人之处，就制止了子玉。重耳在楚国住了几个月，秦穆公邀请重耳去秦国。楚成王说楚国偏僻遥远，经过几个国家才能到达晋国。秦国与晋国接壤，秦君贤明能帮助重耳归国即位。临别时，成王还赠送给重耳很多的礼物。

逃亡第八站，秦国。重耳到达秦国，秦穆公对重耳非常好，不仅把公主嫁给了重耳，还派军队帮助重耳回国即位。

流亡在外十九年，历经千难万险，六十二岁的重耳终于当上了国君。晋文公重耳接过齐桓公"尊王攘夷"的大旗，成为春秋时期第二位霸主，那么他又会怎样对待当年流亡途中的各国国君呢？请看下回——战城濮（pú）退避三舍　灭曹卫文公复仇。

知识链接

本文改写自《史记·晋世家》。晋文公在位只九年，但他使晋国的霸权存在了百年之久，并奠定了晋国春秋第一强国的地位，从此晋国维护着东周的秩序及周天子的统治，积极充当着周朝的宪兵。晋文公的文治武功，昭明后世，彪炳千秋（形容伟大的业绩流传千秋万代），他与齐桓公并称"齐桓晋文"，为后世儒家、法家等学派称道。出自本篇的成语有：秦晋之好。

第十一回　战城濮退避三舍　灭曹卫文公复仇

当年在楚成王的宴会上，晋文公重耳说如果万不得已与楚王兵戎相见，晋军会退避三舍。不料，一语成谶（指将要应验的预言、预兆，一般指一些不吉利的预言，句不好的话说中了。谶，chèn），晋国和楚国真的打起来了。

其实，晋国和楚国并没有冲突，两国交战全都是因为宋国。原来宋襄公看到齐桓公建立了霸业，自己也想成就一番霸业。他也像齐桓公一样，去讨伐不尊重周王室的楚国。但是在与楚国的战争中，宋襄公不知变通，还是死守古代"不鼓不成列，不伤重，不擒二毛"那样落后的战争准则，所以宋襄公被楚国打得大败。楚国的军队包围了宋国国都，宋国没有办法，只好向晋国告急。

宋国的文书送到了晋文公的案头，晋文公犯难了。如果援助宋国就必须和楚国发生冲突，楚成王曾有恩于自己，晋文公不想和楚国发生正面冲突；但是如果放弃宋国不管，宋襄公在重耳流亡时也雪中送炭（比喻在别人急需时给予物质上或精神上的帮助、鼓励），给予过重耳鼓励和帮助。文公为此事发愁，先轸建议帮助宋国，狐偃建议攻打曹国、卫国。狐偃的理由是曹国新近和楚国联盟，卫国刚与楚国通婚，攻打曹、卫可以不和楚国正面冲突，又可以教训一下他们，让他们为当年的不礼貌行为付出代价。曹、卫遇袭，楚国一定挥师援救，宋国的围困就可以解除了。文公采纳了狐偃的建议。

文公依照狐偃的建议率先讨伐曹国，列举曹共公的罪过，指责他不听僖负羁的劝谏。为了报答僖负羁当年送饭置璧的恩情，在攻入曹国后，文公命令军队保护僖负羁的家。之后，晋国军队攻打卫国，卫侯为了保全国家想要与楚国结盟，但是国人不同意，就驱逐了卫侯。文公抓住了曹共工，灭掉了卫国，把曹、卫的土地分给了宋国。

面对晋国侵犯自己的盟友，楚国将领子玉请求率兵进攻晋国。但楚成王仍旧看好晋文公，认为他历经艰险，最终归国继承王位，是上天对他的保佑，晋国的势力不可阻挡，因此不同意子玉与晋国对抗。但子玉固执己见，不听楚成王的建议，成王很生气，就只给他很少的兵力。

子玉态度强硬地通牒晋国，要求恢复曹、卫的国君之位，退还曹、卫两国的土地，楚军就解除对宋国的包围。面对楚国的强硬态度，文公征求了大臣的意见。狐偃认为子玉无理取闹，要求晋国做复君退地两件事，楚国却只做解围宋国一件事，不能答应楚国。但是先轸认为楚国的这个办法能复君、退地、解围，安定曹、卫、宋三个国家，符合礼制；如果晋国不答应，就是晋国无礼了。但是这样同意楚国的条件，对晋国没有什么好处。所以先轸建议晋国私下答应恢复曹国和卫国，这样曹、卫感激晋国，安定三国的功劳就是晋国做到的了。文公同意了先轸的建议，果然曹、卫两国宣布与楚国绝交。

楚将子玉听到消息后，恼羞成怒(由于羞愧到了极点，下不了台而发怒)，率军攻击晋军。晋军撤退，两军尚未交战，军队就撤退，将士们很不理解。文公向将士们解释当年"退避三舍"的诺言，将士们才信服。晋军退避三舍，不仅还了楚国人情，还诱敌深入，强化了自身的防御纵深。此时，楚军深入敌境，一些将领想撤退，但子玉不肯，与晋军在城濮大战，结果楚军战败，子玉收拾残兵落荒而逃。晋军焚烧楚军尸体，大火几天都没有停息。打了胜仗，文公却叹息不已，左右的随从一头雾水(形容摸不着头脑，稀里糊涂)。文公解释说晋军虽然取胜，但子玉还活着，如果他卷土重来，到时候又免不了生灵涂炭。

子玉战败回国，楚成王对他固执己见导致楚军大败十分生气，严厉地责备他。子玉自觉理亏，就自杀了。晋文公听说子玉自杀后，才高兴起来。

城濮之战，晋文公建立的雄图霸业使晋国成为春秋第一强国，但是他的后代都像他一样有雄心吗？请看下回——晋灵公陷害忠良　提弥明舍身报恩。

知识链接

本文改写自《史记·晋世家》。城濮之战初期，晋军兵力劣于对手，又渡过黄河在外作战，处于不利的地位。但是晋文公能够善察战机，虚心采取先轸等人的正确建议，选择邻近晋国的曹、卫这两个国家为突破口，先胜弱敌，获取以后作战的前进基地。随后又运用高明的谋略争取齐、秦两大国与自己结成统一战线，争取了战争的主动权。当城濮决战之时，敢于贯彻后发制人的作战方针，主动"退避三舍"，避开楚军的锋芒，以争取政治、外交和军事上的主动，诱敌冒险深入，伺机决战。同时与齐、秦、宋各国军队会合，集中起相对优势的兵力，并针对敌人的作战部署，乘隙蹈虚(趁空子，攻虚弱)，灵活地选择主攻方向，先攻打敌人的薄弱环节，予敌各个击破，从而获得了这场战略决战的辉煌胜利，成就了晋文公霸主的地位。出自本篇的成语有：退避三舍。

第十二回　晋灵公陷害忠良　提弥明舍身报恩

晋灵公没有他爷爷文公那样的雄图伟略，却和商纣王、周厉王一样昏聩，同样他也十分痛恨向他进谏的人。

灵公生活奢侈，他来进谏；灵公大兴土木，他来进谏；灵公闲极无聊用弹弓打人，他还来进谏。他让灵公骨头不疼肉疼，他让灵公恨之入骨，最终痛下杀手，他就是辅政大臣的楷模——赵盾。

一次，赵盾和随会（晋国大臣）经过朝廷，看到一辆车正驶向宫外，车上的筐里露出一只死人的手，于是二人上前查看并询问了情况。原来，车上筐里装的是灵公的厨师，他没有把熊掌做到适合灵公的口味，就被灵公随便处死了。赵盾见灵公如此无道，就想立刻进谏，但随会劝止了他。随会认为赵盾是朝廷中最为德高望重的大臣，如果赵盾去进谏但灵公不听，那就没有人能接着进谏了，因为最大的牌已经出完了。所以他提议自己先去进谏，如果灵公不接受，赵盾再去进谏。

于是随会去见晋灵公，进入宫殿时非常正式地伏地行礼三次，来引起灵公的注意。灵公心里明白自己做错了事，可是不想承认，就假装没有看见他。随会又走到了屋檐下，灵公才不得不抬头看他。随会动之以情，晓之以理，灵公总算承认了错误。可是灵公只是想摆脱纠缠，并不想真心改正。为此，赵盾又多次劝谏。晋灵公感到十分厌烦，千方百计想要除去这个眼中钉、肉中刺，就派刺客鉏麑(chúní) 暗杀赵盾。

鉏麑接到命令，来到赵盾家时天还没亮。赵盾穿好了上朝的服装，因为时间还早，就正襟危坐(形容严肃或拘谨的样子。正襟，把衣襟整理齐；危坐，端正地坐着)。鉏麑对赵盾的正直忠厚早有耳闻，现在看到赵盾即使在家也如此恭敬不失礼节，就十分敬佩他，知道他是国家的忠臣。鉏麑陷入矛盾之中：杀掉国家的忠臣，为人不义；放弃国君的命令，为人不忠。最终鉏麑放弃了刺杀赵盾，撞树而死。

派去的刺客自杀了，计划没有成功，灵公一计不成又生一计，他准备宴请赵盾，在宴会上伏兵暗杀他。赵盾循礼守节，不知是计，欣然赴宴，但是灵公新请来的厨师知道这是一场阴谋。酒过三巡后，厨师说依照礼制，国君赐宴臣子，酒过三巡礼节到位就可以结束了。赵盾是个恪(kè) 守礼节的人，即刻起身离开。这时灵公的伏兵还没有会合，眼看着赵盾要走出门外，情急之下，灵公放出了恶狗，恶狗疯狂地奔向赵盾，危急时刻，厨师徒手为赵盾击杀了恶狗。灵公的伏兵又蜂拥而上(形容许多人一起涌上来)，厨师又凭一己之力拼死击退伏兵，最终使赵盾免于一死。那个厨师为什么要救赵盾，为什么还如此拼命呢？

原来，赵盾有一次在首山打猎，看见桑树下有一个快饿死的人。他就派人给那个人食物，可是那个人只吃了一半就不吃了。赵盾感到很奇怪，就问为什么。那人告诉赵盾，说自己为了能让母亲过上好日子，在外奔波做了三年的奴仆，但一事无成，现在回家探望母亲，所以想把剩下的食物留给母亲。赵盾十分敬佩那个人，在即将饿死的情况下，仍不忘自己的母亲，就多给了他一些饭和肉。那个在桑树下快饿死的人后来做了晋灵公的厨师，他的名字叫——提弥明。

赵盾在提弥明的拼死保护下逃过劫难，但仍旧受到灵公的追杀，不得不出逃。在还没有逃出晋国国境时，赵盾的族弟赵穿就杀死了灵公，赵盾重新返回国都，在赵盾的安抚下，晋国迅速稳定下来。

一次朝会，晋国的太史董狐当着众位大臣的面说赵盾弑君并记录到史书上。赵盾说自己受到国君陷害，没有反叛，只是逃离晋国，并且灵公不是自己杀的，是赵穿杀的。太史董狐认为国君被杀，凶手逍遥法外，作为主政大臣应该承担弑君的罪名。对于这件事，孔子的评价是：董狐是好史官，能够秉笔直书(写史书根据事实记录，不隐讳。秉，bǐng，持)；但是赵盾也是好臣子，为了法度而蒙受恶名。孔子觉得赵盾因为没有出国境而蒙受弑君的罪名有些冤枉，也觉得因为这事损害赵盾的一世英名有些可惜。

赵盾曾经做了一个梦，梦见祖先叔带抚摸着自己的腰部痛哭；过了一会儿又笑了，拍着手唱歌，赵盾的梦预示着什么呢？请看下回——开杀戒赵氏灭族　救孤儿偷梁换柱。

知识链接

本文改写自《史记·赵世家》。孔子赞扬董狐为"书法不隐"的"古之良史"，后世据以称之为"良狐"，以表褒美之意。这是因为在礼崩乐坏的春秋时期，权臣掌握国命，有着生杀予夺的大权，以礼义为标准的记录史实的原则,早已失去了它的威严,坚持这一原则,并非都能受到赞扬,而往往会招来杀身之祸。齐国太史就因写了权臣崔抒的"弑君"之罪,结果弟兄二人接连被杀。董狐之直笔,自然也是冒着风险的,因此,孔子赞扬他,后人褒美他,正是表彰其坚持原则的刚直精神。这种精神也被后世正直史官坚持不懈地继承下来,成为我国史德传统中最为高尚的道德情操。

第十三回　开杀戒赵氏灭族　救孤儿偷梁换柱

　　赵盾作为青史留名的辅政大臣,对晋国忠心不二,但是死后,仍旧有别有用心的人想在赵盾身上做文章,赵盾成为他铲除异己、削弱政敌的借口,那个人就是屠岸贾(gǔ)。

　　大夫屠岸贾在朝廷上公开宣言赵盾弑君犯上不仅没有受到惩罚,而且现在他的儿子赵朔依然在朝中执政,这样会给天下的人做坏的榜样,所以要立即率兵清算赵氏家族。大臣中屠岸贾的爪牙非常赞成,但是群众的眼睛是雪亮的,大部分的大臣知道屠岸贾心怀鬼胎,也知道赵盾是被冤枉的。其中一位正直的将军韩厥(jué)勇敢地站了出来,他说先君晋成公认定赵盾无罪,现在推翻之前的定论于情于理都说不过去。即使有罪,也应该由国家审判而不能直接率兵清算。况且此事没有向国君报告,也不合规矩礼制。但是屠岸贾在朝廷中势力强大,对韩厥的话根本置之不理(放在一边,不理不睬。之,代词,它;理,理睬)。其他大臣慑于屠岸贾的淫威都默不作声,不敢出头，就这样屠岸贾决定立即率兵诛灭赵氏。危急时刻，韩厥通知赵朔马上逃跑，但赵朔没有逃跑。他认为赵氏家族几代人辅佐晋国，忠心耿耿(形容非常忠诚。耿耿，忠诚的样子)，现在国家要发生动乱，如果为了保住自己的性命而置国家危难于不顾，那样对不起赵氏的列祖列宗，更对不起国家的信任。屠岸贾可就没那么客气了，面对待宰的羔羊，率兵在下宫(地名)攻打赵氏，杀掉了赵朔、赵同、赵括(与纸上谈兵的赵括并非一人)、赵婴齐，屠杀了赵氏二千多人，灭了赵氏家族。

屠岸贾诛灭赵氏家族数千口人，但百密一疏(在极周密的考虑中偶然出现了一点疏忽)，漏掉了一个人。这个人就是赵朔的妻子，她是晋成公的姐姐，赵朔被杀时她逃到宫中藏了起来，当时她正怀有身孕。赵氏被灭时，赵氏的门客都慷慨赴死，但是有一个门客公孙杵臼(chǔjiù)忍辱负重活了下来，因为他要和赵朔的朋友程婴做一件极度危险又极度困难的事——保护赵氏孤儿。

原来，程婴听说赵朔的妻子怀有身孕，就没有立刻赴死。君子报仇，十年不晚，程婴和公孙杵臼计划：如果赵朔的妻子生了男孩，把他抚养成人，为赵氏报仇；如果是女孩，那时再为赵氏而死也不迟。不久，赵朔的妻子生了个男孩。屠岸贾本以为赵氏已经灭族，可听说赵朔的妻子躲藏在宫中并且生了个孩子，为了斩草除根，便带人到宫中搜查。士兵把宫中翻了个底儿朝天也没能找到那个孩子。原来，赵朔的妻子倚仗自己是成公的姐姐，士兵不敢侵犯她，就把孩子藏到了自己的裤子里。说来也怪，士兵搜查时，孩子竟然没有发出一点声音。

躲过这次危机，程婴和公孙杵臼认为屠岸贾没有搜到孩子，一定不会善罢甘休，还会卷土重来，就设了一计。

　　程婴跑到屠岸贾那里告密，说知道赵氏孤儿的下落。屠岸贾很高兴，派兵跟着程婴去抓赵氏孤儿。在一个偏僻的山坳(ào)中，士兵发现了公孙杵臼和一个婴儿，他们被带到屠岸贾面前。公孙杵臼大骂程婴，说他忘恩负义，受赵氏恩德，不为赵氏而死，反而出卖赵氏孤儿换取高官厚禄。程婴也不辩驳(biànbó)，看着士兵乱刀乱枪将公孙杵臼和孩子一起杀死了。屠岸贾见杀了赵氏孤儿，就带兵满意地走了。

　　原来，程婴和公孙杵臼找来一个别人家的婴儿替换赵氏孤儿，让公孙杵臼背着孩子藏到山中，程婴去告密。这样狸猫换太子(以假充真)，让屠岸贾相信赵氏孤儿已死。其实，真正的赵氏孤儿还活着。

　　十五年后，在程婴的抚养下，赵氏孤儿长大。将军韩厥把实情告诉了晋景公，景公重新册立了赵氏孤儿，取名赵武，恢复了赵氏家族的名誉和地位。赵武杀了屠岸贾，灭掉了他的家族，为赵氏报了仇。

　　当年程婴告密，身败名裂，他忍辱负重，含辛茹苦(形容忍受辛苦或吃尽辛苦。辛，辣，茹，rú，吃)将赵氏孤儿养大，如今大仇已报，程婴已经圆满地完成任务。他向赵武辞别，说当年公孙杵臼相信自己能抚养孤儿，保续赵氏香火，所以率先赴死；如今任务完成，自己该去向他和赵朔汇报了。赵武受程婴的养育之恩，多年来一直把程婴当父亲看待，听说程婴要自杀，流着泪叩(kòu)头坚决请他不要这样。但程婴心意已决，就自杀了。赵武为程婴服齐衰(zīcuī，丧服。"五服"中列位二等，次于斩衰。其服以粗疏的麻布制成，边缘部分缝缉整齐，故名)之丧三年，并为他和公孙杵臼划出一块墓地，专供祭祀之用。

　　当初，赵盾梦见自己的祖先叔带抚摸自己的腰部痛哭，暗示赵氏被拦腰斩断，所以赵朔、赵同、赵括、赵婴齐被杀，赵氏灭族；后又拍手唱歌,暗示赵氏孤儿活下来,赵武复兴赵氏家族。

赵武之后,赵简子、赵襄子扩大了家族的事业,使赵氏家族最终建立了赵国。赵襄子为人仁德,曾经几次放过要刺杀自己的刺客,这个刺客是谁? 他又为何三番五次地刺杀赵襄子? 请看下回——报主恩豫让行刺　行仁义襄子泯(mǐn,消灭)仇。

知识链接

本文改写自《史记·赵世家》。古代做臣子的,讲究以"食君之禄,忠君之事"为忠,以"靖国难,慷慨赴死"为义,而程婴与公孙杵臼为了使赵朔一家保存后代,先后使用了李代桃僵(李树代替桃树而死。原比喻兄弟互相爱护互相帮助。后转用来比喻互相顶替或代人受过。僵,枯死)与声东击西之计,公孙杵臼慷慨赴死,最终使赵氏一脉得以保存,报仇雪恨。他们所践行的"义"不是一般意义上的道义,而是"忠义"之义。出自本篇的成语有:一抔之腋。

第十四回　报主恩豫让行刺　行仁义襄子泯仇

赵襄子和智伯都是晋国的大夫,他们同朝为官却发生过一场大战。智伯率军攻打赵襄子,他挖开河堤淹没赵襄子守卫的城池晋阳,赵襄子拼死抵抗,最后联合韩魏两家大夫才灭掉了智伯。智伯被杀后,赵襄子把智伯的头骨用漆漆好,做了饮酒的器皿。赵襄子的这个行为，为他招来了杀身之祸。

士为知己者死，女为悦己者容(指甘愿为赏识自己、栽培自己的人献身)。智伯有个门客叫豫让，他曾经受到智伯的信任和宠幸，所以智伯死后，豫让发誓要为智伯报仇。

为了给智伯报仇，豫让费尽心思，他改名换姓，化装成一个刑徒到赵襄子家去做清理厕所的用人。豫让怀揣利刃，寻找机会刺杀赵襄子。一天，赵襄子去上厕所，突然觉得厕所里有人鬼鬼祟(suì)祟的，就派人把清扫厕所的人抓起来审问，结果在豫让身上搜到了匕首。赵襄子问豫让怀揣匕首居心何在。豫让见事情败露，就直接承认自己要为智伯报仇。护卫要杀了豫让，赵襄子觉得这人十分诚恳，能为主人报仇也算个义士，就放了豫让。

豫让刺杀未成，想要再去刺杀赵襄子，担心自己被认出来，就在身上抹上漆，把自己弄成了长癞(lài)疮的样子，又故意吞食炭火烧坏了自己的嗓子。这样别人不仅认不出他的模样，连声音也听不出来了。豫让自毁容貌，在集市上讨饭，他的妻子在他身边走过，都认不出他来。可是，他的一位知心朋友在路上遇见他时却认出了他。他的朋友劝豫让先去为赵襄子效力，得到信任后再找机会刺杀他，那样很容易，大可不必像这样毁坏自己的身体，让自己受罪。豫让知道朋友说的方法自然容易许多，而且毁掉容貌再去刺杀赵襄子也未必能成功，但豫让认为如果侍奉别人，回过头来再去刺杀他，这更有悖(bèi)伦理道德。做事要光明磊落，自己之所以这样做就是想让天下那些侍奉别人却怀有二心的人感到羞愧。

不久，豫让听说赵襄子要出门了，就埋伏在赵襄子要经过的桥下。赵襄子的马车快到桥头的时候，马突然受惊了。赵襄子派人去搜,果然又捉到了豫让。这次赵襄子十分生气,觉得自己已经放过他一次了,为何豫让还要苦苦相逼。他责备豫让,说他曾经也做过范氏和中行(háng)氏的门客,当年智伯灭掉他们,他不为范氏、中行氏报仇,反而投靠了智伯。如今智伯死了,为什么单单这么卖力地为智伯报仇。豫让解释说范氏、中行氏把他像一般人那样对待,他就用一般人的方式对待他们;智伯把他当作知己一样对待,他就像知己一样来报答。赵襄子听后,很敬佩豫让,但之前放过豫让一次,也算情至意尽(对人的情意已达极点)了,这次不能再放了。豫让自觉难逃一死,就感谢赵襄子之前的不杀之恩,他向赵襄子请求要一件衣服,希望在赵襄子的衣服上砍几刀,就算给智伯报仇了,这样他也可以没有遗憾地到地下见智伯了。赵襄子被豫让的执着和忠贞深深感动,就脱下一件衣服,让人递给了豫让。豫让拔出剑来,跳着脚向衣服砍了好几刀,完成了长久以来的心愿,之后自刎而死。

豫让为报智伯之恩,虽然刺杀赵襄子没有成功,却留下了义士的盛名。其实在豫让之前,还有一位大名鼎鼎的刺客,他是谁?他怎样将武器带进戒备森严的宴会?他又刺杀了什么样的大人物?请看下回——公子光养士夺权 吴王僚赴宴遇刺。

知识链接

本文改写自《史记·刺客列传》。豫让没有商鞅、吴起的富国强兵之策,没有张仪、苏秦的经天纬地之才,没有白起、孙膑的决胜千里之功,没有田单、信陵君的力挽狂澜之力,除了有"以国士遇臣,臣故国士报之"的报答知遇之恩的情结外,他还试图以自己的行动证明人间道义、人的气节和忠义。古代侠士,完全不像今人"人为财死、鸟为食亡",他们对人生价值的衡量完全以精神为标准,一生也甘为一些理念、原则而执着追求甚至献身牺牲。我们从他们身上,要明白做人的真理、人生价值的真正所在,不断陶冶、锤炼自己,使自己的精神有横贯日月的浩然正气,使自己的人生价值有高于物欲和世俗的升华和辉煌。出自本篇的成语有:骨鲠之臣;士为知己者死,女为悦己者容。

第十五回　公子光养士夺权　吴王僚赴宴遇刺

甲士林立,他何以突入重围? 身披重铠,他何以刺杀成功? 他又缘何刺杀吴王僚,他们之间有何血海深仇? 这还得从吴国的王位继承说起……

吴王诸樊(zhūfán) 有三个弟弟:一个叫馀祭(yújì),一个叫夷眜(yímò),一个叫季子札(zhá)。在诸樊的三个弟弟中,四弟最为贤明,所以诸樊告诉三位弟弟,王位要兄终弟及(就是兄长死后,其王位由弟弟继承),直到最后把王位传给四弟季子札。

诸樊死后,王位传给了馀祭;馀祭死后,王位传给了夷眜;夷眜死后,王位本应该传给季子札了。可是季子札不想做国君,就逃跑了。吴国人没有办法,只好立了夷眜的儿子僚为吴王。但是这样诸樊的儿子公子光不高兴了。公子光认为按照父亲诸樊的遗愿,兄终弟及,应该立季子札为吴王,但是季子札没有接受;现在兄终弟及实现不了，要是传子，那就应该传给第一位国君的儿子，所以自己才是真正的接班人，怎么也轮不到夷昧的儿子僚。

公子光心怀不满，但吴国已经立夷昧的儿子吴王僚为国君了，事实改变不了。他就暗中收养谋臣死士，伺机夺取王位。后来有人向公子光推荐了专诸，他发现专诸做事沉着冷静，为人不苟言笑（不随便说笑，形容态度庄重严肃。苟，苟且，随便），城府（城池和府库，借指人的心机）很深，应该能干成大事，就用上宾的礼节对待他。

时机终于来到，吴王僚九年的春天，趁着楚国国丧（指皇帝、皇后、太上皇、太后的丧事，在一定的时间内禁止宴乐婚嫁，以示哀悼），吴王僚派弟弟盖馀和属庸攻打楚国，结果被楚军截断后路，吴军首尾不能相接，回不来了。公子光立即找到专诸商议刺杀之事，专诸认为现在国内空虚，朝廷内没有主事的大臣，吴王僚的两个弟弟带兵在外，此时起事，一定会成功。公子光听后非常高兴，承诺如果专诸有什么不测，自己一定对专诸的家属负责。

四月丙子这一天，公子光事先把武士埋伏在地下室里，之后置办酒席宴请吴王僚。吴王僚对公子光的图谋早有耳闻，所以他也做了充分的准备，从王宫到公子光家，以及公子光家的庭院里、台阶上都站满了吴王僚的亲信。吴王僚自己也穿了三重铠甲，他自信这样的防范，没有人能刺杀他。等到宴会上酒喝得起劲时，公子光假装脚疼，离开席位，进入了地下室。专诸把淬（cuì）了毒的鱼肠剑放到一条红烧鱼的肚子里，端着盘子给吴王僚送去。侍卫们搜遍了专诸全身，连一丁点儿金属都没有，他们万万没有想到，匕首藏在菜肴之中。专诸走到吴王僚面前，在准备献菜的时候，从鱼肚子中突然抓出匕首猛刺吴王僚。匕首锋利无比，贯穿了吴王僚的三重铠甲，吴王僚当即被刺身亡。与此同时,吴王僚的卫士也把剑插进了专诸的胸膛。这时宴会上刀光剑影,公子光派事先埋伏好的武士一起出击,将吴王僚的部下全部消灭。除掉了吴王僚,公子光当上了吴王,为报答专诸,他封专诸的儿子做了吴国的上卿。

专诸成功刺杀了吴王僚,公子光即位做了吴国的国君,就是吴王阖闾(hélǘ)。阖闾在两个人的辅佐下大败越王允常,攻破楚都,在南方称霸,这两个人一位文能安邦,一位武能定国。他们是谁呢?请看下回——练宫女牛刀小试 助阖闾争霸中原。

知识链接

本文改写自《史记·刺客列传》。春秋末期,有一个值得关注的社会现象,那便是专门刺客的涌现。这是一批生活在民间、不图富贵、崇尚节义,身怀勇力或武艺的武士。他们与某些权贵倾心相交,为报知遇之恩而出生入死,虽殒身而不恤。晋国的豫让、吴国的专诸及要离,都是春秋末期最为著名的刺客。专门刺客的出现,正如章太炎所分析的:"天下乱也,义士则狙击人主,其他藉交报仇,为国民发愤,有为鸱枭于百姓者,则利剑刺之,可以得志。"这正是侠的品格。

第十六回 练宫女牛刀小试 助阖闾争霸中原

在世界军事史上,有一部著作是一座不可逾越的丰碑,千百年来，它滋养了一代代的将领，让他们在沙场上叱咤风云(怒喝一声可以使风云翻腾起来。形容威力极大。叱咤,怒喝)；它的思想不仅仅局限在军事领域，在各个领域都发挥着重要的作用。它就是——《孙子兵法》，它的作者就是春秋时期著名的军事家孙武。

公子光做了吴国国君，就是吴王阖闾。阖闾招贤纳士，孙武前去求见。为了验证孙武的能力，阖闾要求孙武操演军队，但操演的不是一支普通的军队而是由宫女组成的军队。

阖闾在宫中选了一百八十名宫女，并让自己的两个宠姬当队长，阖闾让宫女们拿好武器听孙武调遣(diàoqiǎn,调派,差遣)。孙武向她们详细讲解了击鼓进军、鸣金收兵、向左向右走的行军规则，然后问宫女听懂没有，宫女们都回答听懂了。于是孙武开始操演军队，宫女们都认为这不过是装装样子罢了，嬉皮笑脸地原地不动。孙武十分郑重地又宣布了动作要领、鼓点含义、军法规定及不听从命令的处罚，并把刑具斧钺(yuè)等摆了出来，布置完毕，孙武又严肃地把刚才讲过的反复讲了几遍，可是宫女们仍是嬉笑着不听指挥。孙武于是将两个队长抓了起来，准备处决。这时阖闾在台上看到孙武要斩他的爱姬，大惊失色，赶紧派人对孙武说自己已经知道将军善于用兵了，至于这两个队长，还请孙武手下留情。孙武告诉吴王，将在外军令有所不受，自己三令五申(多次命令和告诫。令,命令；申,表达,说明)，但军队不听指挥，那就是队长的责任，就把两个队长杀了。之后，孙武又重新选派了两个队长，继续操练。宫女们都被眼前的一幕吓傻了，知道这不是闹着玩的，再不服从指挥就要掉脑袋了，这次她们都认真地随着孙武的鼓点，前进、后退，一切都符合规矩，丝毫不乱。

尽管宠妃被杀，但通过这次操演，阖闾知道孙武深谙(ān,熟悉)兵法,就请孙武做了吴国的大将。吴王阖闾在孙武的辅佐下,西破强楚,攻入楚国的郢(yǐng)都;挥师北上,威震齐晋,在诸侯国中显名,成为一代霸主。

孙武主管军队,使吴军所向披靡(比喻力量所达到的地方,一切障碍全被扫除。披靡,草木随风伏倒的样子);伍子胥(xū)主管政事,助阖闾称霸中原。伍子胥不是吴国人,他又是为什么来到吴国的呢?请看下回——楚平王错杀忠良 伍子胥白首奔吴。

知识链接

本文改写自《史记·孙子吴起列传》。孙武,公元前544年－公元前470年,春秋时期齐国乐安(今山东广饶)人,被后人尊称为孙子、孙武子、兵圣、百世兵家之师、东方兵学的鼻祖。孙武所著的《孙子兵法》是中国最古老、最杰出的一部兵书,历来备受推崇,研习者辈出。全书共十三篇,分为《始计篇》《作战篇》《谋攻篇》《军形篇》《兵势篇》《虚实篇》《军争篇》《九变篇》《行军篇》《地形篇》《九地篇》《火攻篇》《用间篇》。出自本篇的成语有:三令五申。

第十七回 楚平王错杀忠良 伍子胥白首奔吴

背负着血海深仇,一路上艰难坎坷,高山大川也阻挡不了他为父兄报仇的脚步,他曾一夜白头,他也曾遇贵人相助,他就是有仇必报、倒行逆施(原指做事违反常理,不择手段。现多指所作所为违背时代潮流或人民意愿)的——伍子胥。

伍子胥是楚国人,名员(yún)。他的父亲伍奢、兄长伍尚都被楚平王杀害,所以伍子胥为报父兄之仇逃奔吴国。伍子胥的父兄缘何被杀? 事情还得从娶亲说起……

楚平王的太子名叫建,太子建的太傅(辅导太子的官。傅,fù)是伍奢,少傅(官职名,位次于太傅)是费无忌,他们一起辅佐太子。

楚平王派费无忌到秦国给太子迎亲,费无忌看到这位秦国女子长得貌美如花,就提前跑回来告诉楚平王秦国女子长得美丽,楚平王可以自己娶了,给太子另找一个。迎亲队伍到达楚国,楚平王见秦国女子果然姿色过人,就娶了她。这件事让费无忌很得楚平王的喜欢,费无忌就离开太子,侍奉平王,但是费无忌担心楚平王死后,太子成为楚王,自己会没好果子吃,就多次在楚平王面前说太子的坏话,结果太子被派到北部的要塞城父。

费无忌做了坏事心虚不已,总是觉得自己的地位不稳固,又向平王进谗言说太子不仅对没有娶到秦国女子一事一直耿耿于怀(心事萦绕,不能忘怀。耿耿,有心事的样子),还在城父广交诸侯,训练军队,积蓄力量准备造反。楚平王听后,就把太子太傅伍奢叫来问话。伍奢知道费无忌诋毁太子,就告诉楚平王不要怀疑太子,别受坏人挑拨离间。费无忌则反唇相讥(受到指责不服气,反过来讥讽对方。反唇,回嘴、顶嘴),说伍奢和太子串通一气(含贬义,用于坏人相互勾结),蓄意谋反,如果不先发制人(泛指争取主动,先动手来制服对方),等他们羽翼丰满,就无法挽回了。楚平王不辨是非,立即囚禁了伍奢,派人捕杀太子。

费无忌趁热打铁(比喻要抓紧有利的时机和条件去做),说伍奢的两个儿子都很有才能,如果不将他们斩草除根(除草时要连根除掉,使草不能再长。比喻除去祸根,以免后患),将来一定危害楚国。他又向楚平王献计,用伍奢做诱饵,把他的两个儿子骗来杀掉。于是楚平王派人命令伍奢把他的儿子叫来。伍奢告诉楚平王,自己的大儿子伍尚为人仁厚孝顺,听到命令,一定会来;但是小儿子伍员性格刚烈倔强(juéjiàng),知道来了会被杀,肯定不会来。楚平王不信,派人对伍氏兄弟说他们的父亲勾结太子,想要反叛,现在被囚禁起来了。如果立刻来为父赎罪,就放了他们的父亲;如果不来,就立刻杀掉他。伍尚一听,心中翻腾不已,想到父亲在监狱中备受煎熬,他想要马上去营救父亲。伍员却不同意,他对大哥说这明明是楚王设下的陷阱,去了只能是自投罗网。楚王根本不会放了父亲,如果去了父子三人一定会被杀,还不如一起逃到别的国家,借兵为父报仇。现在回去做无谓的牺牲,和父亲一起死,没有意义。伍尚忠诚孝顺,坚持与父亲一道赴死,嘱咐弟弟伍员逃跑,将来为父和自己报仇。这样,伍尚束手就擒(捆起手来让人捉住。指毫不抵抗,乖乖地让人捉住。束手,自缚其手,比喻不想方设法;就,受;擒,活捉),伍员逃跑了。伍奢听说小儿子逃跑了,感叹道:"楚国将来要有灭顶之灾(比喻毁灭性的灾难。灭顶,水漫过头顶,指被水淹死)了。"

伍员先后逃到宋国、郑国,后来因受郑国通缉(jī)又逃往吴国。在途经楚、吴交界的韶(sháo)关时,发现韶关的城墙上有通缉他的画像,官兵严查盘问过路人,而郑国的追兵又快追上了。前有关卡(qiǎ),后有追兵,伍员仰天长叹,心想难道自己就这样白白送命了吗?极度的焦虑使他一夜间头发全白了,脸上也添满了皱纹,一头白发、满脸憔悴(qiáocuì)的伍子胥容貌大变,他混过了韶关,但还是很快被发现了。伍员逃到江边，看到有一个渔夫摇船，请求渔夫帮他渡江。等到过江后，伍员解下身上价值百金的佩剑，要送给渔夫以示感谢。渔夫大笑，说楚国悬赏捉拿伍子胥的赏格是高官厚禄，价值远远超过这把宝剑。到这时，伍子胥才知道渔夫早就知道自己的身份，自己是获贵人相助。

伍子胥奔波劳碌，担惊受怕，不久就病倒了，一路乞讨才到达吴国首都。到达吴国后，伍子胥会做出一番什么样的事业，又会怎样向楚国报仇呢？请看下回——伍子胥破楚复仇　申包胥秦廷救楚。

知识链接

本文改写自《史记·伍子胥列传》。太史公评价伍子胥说，仇恨对于人的影响实在是太大了。假如当初伍子胥跟着伍奢一道死了的话，那与蝼(lóu)蚁之死又有什么区别呢？但他能够放弃小意气，洗雪大耻辱，使名声流传后世。当伍子胥在长江边困顿窘迫之时，在道路上乞讨糊口之时，心中难道会在一瞬之间忘掉对郢都、对楚王的仇恨吗？不会的。所以说克制忍耐成就功名，不是抱负远大的壮士又有谁能做得到呢？出自本篇的成语有：日暮途远。

第十八回　伍子胥破楚复仇　申包胥秦廷救楚

伍子胥历尽千辛万苦到达吴国首都，在吴国他受到了吴王阖闾的重用。从此伍子胥开启了他的复仇之旅。

阖闾三年，伍子胥与太宰伯嚭(pǐ)率兵伐楚，攻克了舒县。当时伍子胥想替父兄报仇，就劝阖闾一鼓作气(比喻在劲头正盛时，一下子完成。后多喻趁锐气旺盛之时一举成事或鼓足干劲，一往直前)乘胜进攻楚国的郢都。但是将军孙武反对，他认为士兵已经很疲惫了，不能再打。阖闾采纳了孙武的建议，吴军撤军。伍子胥解了点心头之恨，但他复仇的火焰还没有熄灭。

阖闾六年，楚昭王派公子囊瓦率军伐吴。吴国派伍子胥迎击，吴军在豫章大败楚军，占领了楚国的居巢。

阖闾九年，吴国联合唐国和蔡国一起进攻楚国，阖闾的弟弟夫盖率部下五千人首先打败了楚将子常，然后吴军乘胜追击，经过五次大战，攻入了楚国的郢都。

伍子胥率领吴军进入郢都后，到处搜捕楚昭王，可是楚昭王早就一溜烟儿地跑没影儿了。伍子胥攻入郢都也难解心头之恨，又找不到楚昭王，于是他把注意力关注到了死人身上，那个害死他父亲和哥哥的楚平王虽然已经死了，但他的坟墓还在。伍子胥把楚平王的坟墓掘开了，把楚平王的尸体挖出来，鞭打了三百下。即使这样，伍子胥也不能泄恨，一定要灭掉楚国才算是为父兄报了仇。面对伍子胥的倒行逆施，一个人站了出来，他就是申包胥。申包胥也是楚国人，和伍子胥是朋友。先前伍子胥逃离楚国时对申包胥说，伍氏家族对楚国忠心耿耿，却遭受迫害，自己将来一定灭掉楚国。申包胥作为朋友奉劝伍子胥，尽管楚平王有错，但不能把对楚平王的愤恨发泄到父母之邦楚国身上。如果伍子胥一定要灭掉楚国，那他一定拼尽全力保住楚国。

到此时，吴军攻入郢都，伍子胥要灭掉楚国，申包胥逃到深山中，派人对伍子胥说，为父兄报仇，掘墓鞭尸已经非常过分了，现在还要灭掉自己的祖国，这违背天道到了极点。伍子胥也让使者转达，楚国与他有不共戴天（不愿和仇敌在一个天底下并存。形容仇恨极深。戴，加在头上或用头顶着）之仇，当年历尽艰辛，忍辱负重，就是等待有一天能灭掉楚国为父兄报仇，对于鞭尸楚平王和灭掉楚国，他也只能倒行逆施了。

申包胥见无法劝动伍子胥，就跑到秦国求救。秦王觉得这是吴楚之间的矛盾，与自己无关，就没有答应。申包胥就站在秦宫殿前的院子里，日夜号哭，七天七夜没停止。秦国国君听着觉得可怜，也被申包胥的爱国精神感动了，就派五百辆兵车救楚。秦国派兵救楚，吴国又发生了内乱，阖闾只好撤兵回国，伍子胥灭掉楚国为父兄报仇的想法也就没能实现。

伍子胥辅佐阖闾向西打败了强大的楚国，向北威震齐国和晋国，向南收服了越国。伍子胥又辅佐阖闾的儿子夫差一度称霸，但后来吴王夫差听信谗言，赐给伍子胥一把名叫"属镂"的宝剑，让他自裁。面对如此结局，伍子胥仰天长叹，曾几何时，自己辅佐阖闾称霸，扶助夫差即位；现如今，落得个赐剑自裁的结局。想到这些，伍子胥不觉潸然（流泪的样子。潸，shān）泪下，他愤怒地告诉手下，一定要把他的双眼挖下来挂到吴国国都的东门上，他要看着有朝一日越国人从这里进来灭掉吴国。

伍子胥的话是否能成为现实，请看下回——吴越争霸夫差胜　卧薪尝胆勾践赢。

知识链接

本文改写自《史记·伍子胥列传》。当好友伍子胥怒吼"我一定颠覆楚国"时，申包胥却说"努力吧！你能颠覆楚国，我一定能使楚国复兴"。申包胥没有阻止伍子胥实现他的"义"，而是去践行一个更大的"义"——对国家的忠诚。在那个"礼乐崩坏"，臣弑君、子弑父的时代，在那个各国人才为了自己的恩怨纷纷游走他国的年代，申包胥始终尽忠于自己的祖国，以自己的行为诠释了"忠"的含义，为后世树立了一个忠臣的典范。春秋时代是"乱臣贼子"迭出的时代，但是在这个时代却涌现出申包胥这样一个执着忘我的爱国忠臣，他正如黑暗中的一盏明灯，照亮了那个时代，更照亮了中国历史。出自本篇的成语有：倒行逆施。

第十九回　吴越争霸夫差胜　卧薪尝胆勾践赢

他是忍辱负重的代名词，他以一国之君的身份做奴仆、做车夫，他卑躬屈膝（形容没有骨气，低声下气地讨好奉承。卑躬，低头弯腰；屈膝，下跪），他低声下气，他衣衫褴褛，他隐忍含垢，他的外表是卑微的，肮脏的，龌龊（wòchuò）的；但是他的灵魂却永远是高傲的，也正是这样，才有了卧薪尝胆三千越甲灭强吴，他就是——勾践。

在吴越争霸中，吴国先取得了上风。夫差（fūchāi）励精图治，只为报杀父之仇。事情是这样的……

吴王阖闾听说勾践的父亲允常去世，就趁机兴兵伐越。两军对垒，越王勾践派一支敢死队，让他们排成三行走到吴军阵前，然后大呼一声一齐自刎。吴国军队被这种异常的行动惊呆了，而越军乘着吴军愣神儿的工夫，突然发起猛攻。结果吴军遭到惨败，吴王阖闾也被勾践射伤脚趾。后来，阖闾伤重，临死前他嘱咐夫差一定要为自己报仇。夫差谨遵父命，在宫殿门口安排两个人，每天上朝时，那两个人都会大声质问夫差："你忘记父亲被杀的仇恨了吗？"夫差大声地回答："不敢忘。"

勾践得知吴王夫差日夜练兵、准备复仇，就想在吴国没进攻之前主动出击。但是勾践的大将范蠡(lǐ)反对，他认为冤家宜解不宜结，发动战争违背百姓的意愿，也会使两国生灵涂炭；杀敌一千，自损八百，双方都得不到便宜，战争是解决矛盾的下策；如果能通过外交手段，两国化干戈为玉帛(比喻使战争转变为和平。干戈，泛指武器，比喻战争；玉帛，玉器和丝织品，指和好)，才是上策。勾践之前大败过吴军，自信满满，没有听范蠡的建议。

吴王夫差听到消息后，调集了全国的精锐部队迎击越军，吴军准备充分，在夫椒一战中把越军打得大败。勾践丢盔弃甲，领着五千残兵逃到了会稽(kuàijī)山上，吴王夫差派兵把会稽山团团围住。勾践被困会稽山，后悔没有听从范蠡的建议，事已至此，勾践近乎绝望。谋臣文种开导勾践，胜败乃兵家常事，当初成汤被关押在夏台，周文王被囚禁在羑(yǒu)里，晋公子重耳逃奔到狄，齐公子小白逃难到莒(jǔ)，他们当时的处境和勾践一样艰难，但他们后来奋发进取，全都成就了王道霸业，现在的困境是上天的考验。经过文种的开导，勾践想通了。他向范蠡承认错误,又向范蠡征求意见。范蠡分析现在吴军强大,又刚打了胜仗,气势正盛,如果和吴军硬拼,一定是以卵击石,自取灭亡。要想保全国家,扭转危局,现在只有卑躬屈膝,割地求和。勾践再三权衡,最终听从了范蠡的建议,于是派大夫文种去向吴国求和。

文种到达吴国,跪着爬到吴王跟前,哭着向吴王夫差求和,他说勾践蚍蜉撼大树(比喻其力量很小,而妄想动摇强大的事物。蚍蜉,pífú,大蚂蚁),自不量力,冒犯了吴国,现在越国战败,勾践情愿做夫差的奴隶,他的妻子情愿做夫差的婢女。恳请夫差宽恕。夫差见文种泪流满面,言辞恳切,心中一软,就要答应了他的请求。伍子胥劝吴王切莫妇人之仁(指处事姑息优柔,不识大体),现在越国战败,上天把越国给了吴国,天与不取,反受其咎(jiù,责备)。夫差最终没有答应越国的条件。文种失望地回到会稽,把经过报告了勾践。勾践听后,愤怒地准备杀死妻儿,和吴国决一死战。文种劝勾践切莫冲动,忍一时风平浪静,退一步海阔天空。这条路走不通,再换条路试试。听说吴国的太宰伯嚭很贪财好色,可以试着收买他,没准还有一线生机。勾践心灰意冷,也没有别的好办法,就死马当活马医(比喻明知事情已经无可救药,仍然抱万一希望,积极挽救。也泛指做最后的尝试)派文种把美女宝物偷偷送给伯嚭。伯嚭受人钱财与人消灾,就在夫差面前说越国已经服输,不如做个顺水人情,同意越国投降;不然,越国拼个鱼死网破,吴国到时候鸡飞蛋打也得不到好处。吴王夫差听了伯嚭的建议,就想答应越国的请求。但伍子胥明察秋毫,看透了越国的计谋,劝阻夫差不要贪图蝇头小利,越国虽然元气大伤,但勾践是个有才干的国君,文种、范蠡也都是精明的大臣,如果放虎归山,必定会成为吴国的心腹大患。吴王夫差打了胜仗，骄傲自大，没有听伍子胥的劝告，最终宽恕了越国，撤回了包围会稽的军队。

　　勾践和他的妻子在服侍夫差三年后，终于得到夫差的信任，获得赦(shè)免。回到越国后，勾践想想自己战败受的屈辱，为了不让自己忘掉那些凄苦的日子，也为了时时刻刻都提醒自己，他冥思苦想(绞尽脑汁，苦思苦想。冥，深奥、深沉)终于想出一个办法，他在屋内吊了一只苦胆，每次吃饭喝水前都要尝尝它的苦味，休息时能时刻看到它，借此提醒自己不要忘记会稽山的耻辱。

　　归国后的第七年，越国国力稍有恢复，勾践准备征兵对吴国作战，想要一雪前耻。大夫逢同认为吴强越弱，就劝勾践一定要韬光养晦(褒义词，可以作谓语，其意思是隐匿光彩、才华，收敛锋芒、踪迹。韬，tāo，隐藏)，等待时机。

　　吴王夫差在打败越国后，狂妄自大，穷兵黩武(随意使用武力，不断发动侵略战争。形容极其好战。穷，竭尽；黩，随便、任意)，他与中原地区的齐、晋征战，想要在诸侯国中称霸。多年的征战，吴国的精锐部队消耗殆(dài，几乎)尽，军民非常疲惫。勾践看准时机，一举击败吴军，吴国都城被攻破，夫差逃到了姑苏山上，这回轮到吴国求和了。

　　面对吴国使者的苦苦哀求，勾践有些犹豫不决。范蠡提醒勾践下定决心不接受吴国的求和，不要忘记当年在会稽山的耻辱，越国君臣忍辱负重二十二年，成功就在眼前，不可错过机会。

　　吴越争霸最终以越国胜利告终。

　　伍子胥帮助阖闾称霸一时，他预言吴国灭亡也被事实证明了。他是一位具有远见卓识(有远大的眼光和卓越的见解。卓，高超；识，见识)的政治家，这也源于他遗传了祖先伍举的优秀基因。伍举作为政治家

辅佐了哪位君主？他又建立了什么样的功业呢？请看下回——拒
进谏沉迷声色　理朝政一鸣惊人。

知识链接

本文改写自《史记·越王勾践世家》。越王勾践剑，中国春秋晚
期的越国青铜器。1965 年在湖北江陵望山 1 号墓出土。剑长 55.7
厘米，剑首为圆箍(gū) 形，剑格正面用蓝色玻璃、背面用绿松石嵌
出花纹，剑身饰菱形暗纹。剑身有"越王勾践自作用剑"八个鸟篆
(zhuàn) 铭文。制作精良、犀利异常，是东周兵器中的精品，反映出越
国当时制剑工艺的高水平。现藏于湖北省博物馆。出自本篇的成
语有：鸟尽弓藏、卧薪尝胆。

第二十回　拒进谏沉迷声色　理朝政一鸣惊人

他曾经迷失自我，终日沉迷声色犬马，不理朝政；但他觉醒后，
奋发进取，终成一番伟业。他就是春秋五霸之一的楚庄王。

楚庄王即位三年，不理朝政，左抱郑姬，右拥越女，整天沉迷在
音乐之中，日夜寻欢作乐。他还警告大臣不准进谏，谁敢进谏杀谁。
大臣们听到这样的话，都缄默(闭口不说话。缄, jiān) 不语了。但是大夫
苏从沉不住气了，他担心国君如此胡闹，楚国会衰落，苦口婆心劝庄
王改邪归正，步入正途。楚庄王根本没把苏从的劝谏当回事儿，享

乐更加无节制了。

直言进谏没有用，那就只好采取曲线救国了。面对楚庄王的不求上进，伍举给楚庄王出了个谜语。他说南山上飞来一只鸟，这只鸟三年不飞也不叫，你说怪不怪。楚庄王是个聪明人，一下子就听出来说的是自己，庄王于是说那只鸟三年不飞，飞起来就直冲云霄(xiāo)；三年不叫，叫起来一鸣惊人(比喻平时没有突出的表现，一下子做出惊人的成绩)。

正像庄王自己说的，不鸣则已，一鸣惊人。庄王一旦处理朝政，就把朝政治理得井井有条。他明辨忠奸，诛杀奸邪之臣数百人，提拔忠贞之臣数百人，任用伍举、苏从管理国政，楚国很快繁荣昌盛。

楚国强大，楚庄王自鸣得意(自己表示称心如意。鸣，表示)，又犯了祖先的毛病，不尊周王室。

楚庄王八年(公元前606年)的时候，楚国讨伐陆浑戎(居于陆浑的少数民族)，到了周王朝国都洛阳附近。周定王派王孙满(周王朝的大夫)慰劳楚庄王，庄王向他展示了楚军的威武。本以为会获得王孙满的钦佩(qīnpèi，敬重佩服)和赞美，没想到王孙满暗讽庄王，治国应该靠德行而不是强大的军队，庄王却不以为然(不认为是对的，表示不同意或否定。然，对)。

楚庄王又问王孙满代表最高权力的周鼎的大小形制轻重，王孙满说鼎的大小轻重不重要，重要的是国君的德行。如果国家政治清明，鼎代表的国运就会绵长；如果国家奸邪昏乱，鼎即使再大也保不住国运。夏桀道德败坏，九鼎传到商朝；商纣王暴虐，九鼎传到周朝。所以庄王不必问鼎的大小，只有修养自身道德，才能真正使楚国强大。

楚庄王听后，自觉理亏，就率军撤回了楚国。自从听了王孙满的一堂品德课,楚庄王做事都会以德行作为出发点,尽管有时有悖(bèi,违反)初衷(zhōng),但他能改正错误。

陈国的大夫夏徵(zhēng)舒杀害陈国国君,导致陈国内乱。楚庄王率军杀了夏徵舒,平定了陈国内乱。之后,庄王把陈国设为楚国的一个县。大臣们都祝贺楚国又开疆扩土,唯独申叔时(楚国大夫)一脸不高兴的样子。庄王问他为什么,申叔时说楚国帮助陈国平定内乱,这是符合道义的,楚军也是仁义之师。可是,为了贪图利益又把陈国灭掉设为楚国的县,那就不符合道义了,也不能体现庄王的仁德。庄王听后觉得很有道理,于是重建陈国,重新为陈国立了国君。

问鼎中原,表现出楚国实力雄厚,有入主中原的企图。继齐桓、晋文之后中原地区的秦国在秦穆公的治理下日益强大,遏制了楚国向北扩张。秦穆公是一代英主,他在众多精英的辅佐下成就了一番霸业,这些辅佐他的大臣都是谁呢?请看下回——百里奚得友相助 荐知己料事如神。

知识链接

本文改写自《史记·楚世家》。在"春秋五霸"中,若论功业之巨、霸权之盛,非楚庄王莫属。他在位二十三年,励精图治,对内分令尹之权,压制若敖氏,任用苏从、伍举等贤臣。子越政变,庄王沉着应对,一战定乾坤,稳定后方;对外与晋国赵盾、郤缺多次争霸。他任用孙叔敖大胆革新,楚国大治,讨伐郑国,使宋国臣服,号令天下,大破晋师,执掌霸权,陈兵周疆,问鼎轻重,俨(yǎn)然是一代旷世霸主。出自本篇的成语有:问鼎中原、一鸣惊人。

第二十一回　百里奚得友相助　荐知己料事如神

在秦楚边界，趁着朦胧夜色，一个人跌跌撞撞地向楚国跑去。突然，一队楚国士兵跑过来把他摁倒在地，并将他关进了楚国边境的监狱。几天后，秦国派来使者，希望将此人引渡回国，并送上五张黑羊皮权当是看管囚犯的劳资。楚国守边的士兵听说不仅不用看管囚犯，还有报酬，就高兴地交出了那个人。那个人须发皆白，衣衫褴褛，但破烂的衣衫难掩他矍铄(juéshuò，形容老年人很有精神的样子)的目光，他就是五羖(gǔ，公羊)大夫百里奚。

百里奚曾以秦穆公夫人陪嫁奴仆的身份来到秦国，身为奴仆的百里奚觉得永无出头之日，就从秦国逃跑了，在逃到秦楚边境的时候，就出现了开头时的那一幕。百里奚被押送回秦国后，穆公亲自为他松绑，用上宾的礼节对待他。一个囚犯为何得到秦君的如此优待呢？原来百里奚是一位才能卓著的老人。秦穆公听说百里奚很有才干，本想花重金将他赎回来。但有大臣说如果用重金去赎百里奚，楚国就会知道他很有才能，到时候楚国要么会要更多的钱，要么会重用他，如果那样得不偿失，不如将他列为逃犯，请楚国帮忙送回。

秦穆公与百里奚谈论治理国家的事情。两人谈论了三天三夜，感觉真是相见恨晚。百里奚的政治见解让穆公非常欣赏，穆公就任命百里奚为上大夫，因为百里奚是用五张黑羊皮换回来的，所以穆公称他为五羖大夫。百里奚由奴仆到逃犯，由逃犯再到大夫，前后的地位真是云泥之别（像天上的云和地上的泥那样高下不同。比喻地位的高下相差极大）。感慨人生就像一场梦，他想起了一个朋友并向秦穆公推荐了这个朋友。他将朋友说成了一位能掐会算、料事如神的人，秦穆公不信。百里奚列举了三件事让秦穆公不仅相信了，而且急切地想见那个人。

第一件事，百里奚曾在齐国游历，穷得要饭吃，那个朋友收留了他。后来百里奚想投奔齐国国君但被朋友制止了，百里奚的朋友认为齐国将要发生内乱，劝他赶快离开齐国。百里奚刚离开了齐国，齐国大乱，他逃过一劫。

第二件事，在周国，百里奚依靠养牛的手艺求见王子颓(tuí)，得到了王子颓的信任，等到王子颓想要重用他时，他的朋友又告诉他周国要发生动乱，快点离开，百里奚听从意见离开周国，又免于一死。

第三件事，在虞(yú)国，百里奚想要求见虞国国君，他的朋友说虞国国君目光短浅，虞国很快就会灭亡。当时百里奚迫于生计，又贪图俸禄爵位，就暂且留下了。没想到虞国被晋国所灭，百里奚成了晋国送给秦穆公夫人的陪嫁奴。

百里奚的朋友是谁呢？他真的那么有远见吗？请看下回——贩牛郎弦高救郑　送秦军蹇(jiǎn)叔哭师。

知识链接

本文改写自《史记·秦本纪》。秦穆公拜蹇叔为右庶长，百里奚为左庶长，也就是"二相"，两人同掌朝政。自二相兼政以后，蹇叔和百里奚辅助秦穆公教化民众,安施变革,兴利除害,使秦国一天天地强大起来了,秦穆公最终也成就了霸业。史官中有一首诗这样赞道:子縶荐奚奚荐叔,转相汲引布秦庭。但能好士如秦穆,人杰何须问地灵。出自本篇的成语有:秦智虞愚。

第二十二回　贩牛郎弦高救郑　送秦军蹇叔哭师

　　百里奚的朋友是谁?他就是蹇叔。蹇叔不仅多次帮助百里奚躲过劫难,他还预见了秦军的战败。这还得从一场战争说起⋯⋯

　　当年秦晋联盟一起讨伐郑国,郑国派烛之武分化秦晋联盟,郑国与秦国单独媾和(gòuhé,交战国缔结和约,结束战争状态),秦国派杞(qǐ)子、逢(páng)孙、杨孙戍守郑国。后来杞子掌管了郑国城门的钥匙,就请求穆公派兵,想要里应外合袭击郑国。穆公询问蹇叔、百里奚此事是否可行。二人一致不同意,认为偷袭郑国简直就是天方夜谭。既然是偷袭,那就要保证绝对的隐秘性,可是这样的条件根本不具备。第一,秦国偷袭郑国的消息极容易泄露;第二,秦国和郑国不接壤,偷袭郑国要穿越好几个国家,行程数千里;第三,数千大军浩浩荡荡,目标太大,所以偷袭郑国是不可能成功的。可是秦穆公认为杞子有郑国城门的钥匙,如果计划严密,成功偷袭郑国不是没有可能,就没有听从二人的建议。

　　秦穆公任命白乙丙、百里奚的儿子孟明视以及蹇叔的儿子西乞术为将军率兵出征。部队出发那天,蹇叔自知无法说动穆公,也不能阻止大军开拔，只好对着即将出征的将士痛哭。穆公很生气，说他扰乱军心。蹇叔说自己担心儿子，所以在这里痛哭。他又叮嘱儿子，在整条行军路线上，晋国境内的崤 (xiáo) 山是最险要的地方，那里一定要多加小心。

秦国的军队向东穿越了晋国的领土，经过了周国，之后秦国军队驻扎在晋国的属邑滑邑。正在这时，郑国一个名叫弦高的贩牛郎，他正赶着十二头牛准备到周国去卖。当他看到秦国军队，得知秦军要偷袭郑国后，心里十分着急，自己的祖国危在旦夕，怎么能帮助祖国渡过难关呢。他灵机一动，把自己的牛献给了秦军，并说郑国国君听说秦军来郑国进行军事演习，已经修好了防御工事，派他赶来十二头牛先犒劳 (用酒等慰劳。犒，kào) 秦军将士。秦军的三位将领听到后，发现行动已经暴露，进攻郑国也错过了偷袭的机会，就灭掉了滑邑，班师回国。

正如蹇叔、百里奚二人预测的，秦军在崤山遭到埋伏，秦军的三个将领被俘，全军覆没。多亏了晋文公夫人的帮助，不然秦君的三个将领都会身首异处。文公的夫人是秦穆公的女儿，自己的母国打了败仗，将军被俘，她心急如焚 (心里急得像着了火一样，形容非常着急)。她为三位秦军将领向晋襄公求情，说灭掉滑邑是秦军不对，在崤山之战中秦军受到了惩罚，现在秦军全军覆没，偷袭郑国又没有成功，秦穆公一定对三位将领恨之入骨，希望能放他们回秦国去，让秦君亲自杀了他们以解心头之恨。晋襄公碍于情面就答应了，释放三人回国。

三个将军回到秦国，秦穆公穿着素服亲自到郊外迎接，承认自己没有听百里奚、蹇叔的话，致使秦军战败。秦穆公恢复了他们的职务和爵禄，比过去更加厚待他们。

　　秦国自穆公开始逐渐强大，到了秦孝公时，秦国的国力赶上并超过了东方六国，那么秦国缘何在孝公时国力强盛了呢？请看下回——革弊政商鞅变法　尊法家秦国富强。

知识链接

　　本文改写自《史记·秦本纪》。蹇叔和百里奚在秦国任相兼政时，都已是七八十岁的人了。这种老有所为的精神既让人惊奇，又让人佩服、感动。他们作为杰出的政治家，蹇叔与老友百里奚一起，依靠出众的才智和超群的谋略，使偏处一隅(yú)的秦国逐渐强大起来，为秦国取得霸主地位起了不可低估的作用，在其晚年建树了辉煌的业绩。可以说，蹇叔和百里奚的智慧改变了中国历史的进程，这个文明程度最落后的小国从此开始领导中华文明，秦穆公正是因为得到了蹇叔、百里奚，在他们的辅佐之下才最终成就霸业，成为春秋五霸之一。于是就有了秦无"蹇"不成霸与"百里致霸"之说。出自本篇的成语有：恨入骨髓。

第二十三回　革弊政商鞅变法　尊法家秦国富强

　　是他的变法，改变了秦国落后的面貌；是他，让秦国跻身(使自己上升到某种行列、位置，跻，jī)大国行列；是他，奠定了秦国霸主的地位；

是他，最终促成百年后的天下一统。他就是——商鞅。

商鞅是魏国人，本姓公孙，名鞅，喜好刑名之学（法家学说，因法家主张"循名责实"，以刑法治国，故名）。他意志坚定，不达目的誓不罢休，为了实现自己的理想，他制定了三步走的规划。

第一步，找老板。公孙鞅很有才学，但是在魏国不受重用，所以他准备给自己找一个可靠的老板，听说秦孝公招贤纳士，就离开魏国来到秦国。公孙鞅先后给秦孝公讲了五帝治国和三王治国的办法，结果把秦孝公讲得昏昏欲睡。事后，秦孝公认为这人说话不着边际，不能任用。公孙鞅请求景监，想再见秦孝公一面。景监告诉他只有最后一次机会了。公孙鞅第三次拜见秦孝公，这次谈论得很投机，秦孝公听得认真，不知不觉膝盖都越过座席的前头了。公孙鞅出来后，景监问他这次与国君谈论什么治国方略，国君如此高兴。公孙鞅说这次讲的是王霸之道，富国强兵，正中孝公下怀。

秦孝公十分赞同公孙鞅的富国强兵政策，委以国政。公孙鞅完成了第一步，成功找到一个可靠的老板。

第二步，定制度。要想改革就要破旧立新，公孙鞅首先为变法制造社会舆（yú）论。他说要想国家富强，不一定固守前代留下的典章制度。世移则事异，事异则备变。商汤和周武王没有墨守成规（指思想保守，守着老规矩不肯改变。墨守，战国时墨翟善于守城；成规，现成的或久已通行的规则、方法），成就了王业，夏桀和商纣王没有改变先代的法度，却亡国了。所以如果想使百姓获得利益，国家富强，就要随着时代的变化，改变治国方略。秦孝公任命公孙鞅为左庶长制定变法的条令。新法制定好后，还得让百姓知道。于是，公孙鞅在国都集市的南门立了一根三丈高的竿子，宣布谁能把它扛到北门，就赏给他十镒（yì，古代重量单位，一镒合二十两）黄金。百姓们开始时都觉得这不可能，扛一根竿子就给十镒黄金，这也太多了吧，所以没人敢动。后来公孙鞅把赏金提高到五十镒黄金，终于有一个人壮着胆子把竿子扛到了北门，这个人获得了朝廷赏赐的五十镒黄金。公孙鞅用这种办法表明国家的诚信，很快新法就颁布实施了。公孙鞅完成了第二步，制定变法制度。

第三步，成霸业。新事物的诞生总会受到阻挠(náo)，新法颁布了却推行不畅，原因是有人阻挠。阻挠推行新法，也是犯法，要依法处置，但犯法的这个人可不一般，他是秦国的太子。太子是国家的继承人，不能受刑。但是太子犯法，作为太子的老师要承担教育不当的责任，因此公孙鞅处罚了太子的老师公子虔(qián)和公孙贾，在他们的脸上刺了字，以示惩罚。但是后来公子虔又触犯了新法，这回被割掉了鼻子。严惩了统治阶层阻挠新法的人，新法的推行一下子变得畅通了。到新法实施后的第十个年头，秦国的百姓都喜欢新法了，整个国家路不拾遗(路上没有人把别人丢失的东西捡走，形容社会风气好。遗，失物)，夜不闭户。秦国经过变法，大大地富强了起来，就连周天子都派人送给秦孝公祭肉，承认他是天下的霸主，各国的诸侯们也都来秦国朝拜。公孙鞅完成了第三步，帮助秦孝公成就了霸业。

在公孙鞅变法后，秦国国富民强，开疆扩土。秦孝公为了奖励公孙鞅，将商於(wū)一带的十五个县封给了他，称他为商君。商君在秦国为相十余年，推行新法使秦国富强，但新法中也有很多内容触犯了宗室贵族的利益，所以秦国的很多宗室贵族都恨他。商君的一位朋友劝他，日中则昃，月满则亏(太阳到了正午就要偏西，月亮盈满就要亏缺。比喻事物发展到一定程度，就会向相反的方向转化。昃，zè，太阳西斜)，你现在红极一时,但是也得罪了不少人。尤其是太子和他的师傅公子虔。趁着孝公还在位,你不如归还受封的十五座城,退隐山林。如果继续贪恋权位、荣誉、富贵。恐怕有一天,宠信你的孝公死了,你的死期也就到了,但是商君没有听进去。

果然,秦孝公死后,太子即位。公子虔等人立刻诬告商君想要造反,派兵捉拿商君。商君逃到秦国的边境,想要住店,可是没有身份证件。按照新法的规定,留宿没有证件的客人,店主是要犯罪的。商君不由得叹了口气说:"我自己定的法律最终害到自己头上来了!"

后来他逃到魏国,但魏国拒不接纳商君入境。原来,先前齐国和魏国在马陵大战,秦国趁着魏国战败国力空虚,派公孙鞅进攻魏国,获取了魏国黄河以西的全部土地。魏国怨恨商君,拒不接纳他。商君没有办法只好折返秦国,结果被抓,在秦都咸阳被车裂(就是把人的头和四肢分别绑在五辆车上,套上马匹,分别向不同的方向拉,这样把人的身体硬撕裂为六块,所以名为车裂)示众,满门抄斩。

在马陵之战中,魏军被齐军打得大败,魏将庞涓战死。这场战役,成就了一位齐国军事家的英名。他是谁?他又经历了什么样的磨难才成就名声?请看下回——田忌赛马露头角 围魏救赵成英名。

知识链接

本文改写自《史记·商君列传》。商鞅虽死,但变法还是成功了。通过变法,秦国的经济得到发展,军队战斗力增强,国富兵强的秦国,成为战国中后期最强大的国家,为此后统一中国奠定了基础。支持变法的秦孝公一死,旧贵族立即反扑,商鞅惨遭杀害。但是商君身死法未败,秦国还是沿着商鞅的法治路线继续前进。出自本篇的成语有:立木取信、一诺千金、言出必行。

第二十四回　田忌赛马露头角　围魏救赵成英名

　　自古英雄多磨难,在他成名前遭受了常人无法忍受的痛苦,他遭同窗陷害,他遭酷刑折磨,他流落街头装疯卖傻,只为等待时机重见天日,他就是——孙膑。

　　孙膑如何从一名草根成为耀眼的明星,下面我们来看他的漫漫成名路。

　　轻信同窗受磨难。孙膑和庞涓是同窗,曾一起向鬼谷子学习兵法。庞涓学艺未精就先下山,在魏国做了魏惠王的将军,他自知才能比不上孙膑,担心孙膑到了魏国会抢了自己的位子,即使不到魏国,在别的国家,孙膑也会成为自己的强敌。于是庞涓设计把孙膑骗到魏国,并编造罪名,挖掉了孙膑的两个膝盖骨,在他脸上刺字,想让他永无出头之日。孙膑轻信同窗好友,在魏国被残害,流落街头,为了保住性命,孙膑不得不装疯卖傻,等待时机。后来,齐国的使者来到魏都大梁,孙膑悄悄地求见齐国使者。齐国使者与孙膑交谈后,觉得他是位奇才,就把他藏在马车里,偷偷带回了齐国。

　　排列组合会统筹。到了齐国,孙膑做了大将田忌的门客。当时齐国的公子们经常赛马赌钱。赛马分为上、中、下三等,田忌马匹的脚力和对手的马匹相比就差一丁点儿,所以总是输多赢少。孙膑告诉田忌下次赛马尽管卜大赌注,一定能赢。田忌将信将疑,但还是听了孙膑的建议。临到比赛时,田忌下了千金的赌注,赛后田忌果真赢了千金。原来,孙膑看到田忌的每个等级的马与对方的每个等级的马脚力差不多,就对田忌的马重新进行了排列组合。用下等马跟对手的上等马比赛,用上等马跟对手的中等马比赛,用中等马跟对手的下等马比赛,这样三场比赛后,二胜一负,田忌赢得了比赛。同样的马,同样的赛道,同样的骑手,只是改变顺序进行统筹就取得了不同的结果。田忌觉得孙膑是一个不凡的人,就把他推荐给了齐威王。齐威王和他谈论兵法,很欣赏他的才华,就拜孙膑为军师。

围魏救赵计谋高。孙膑帮助田忌赢得赛马比赛只是崭露头角(头上的角已明显地突出来了。指突出地显露优异的才能。崭,突出;露,显露)。他真正成名是在桂陵之战。齐威王三年,魏国出兵攻打赵国,赵国形势危急,派人到齐国求援。齐威王决定救赵,但如何救赵却有两种意见:田忌认为赵国危在旦夕(形容时间非常短,危险就在眼前),应直接率兵去赵国解围。孙膑认为如果率兵驰援赵国,魏军在邯郸以逸待劳(指在战争中做好充分准备,养精蓄锐,等疲乏的敌人来犯时予以迎头痛击。逸,安闲;劳,疲劳),齐军长途奔袭不占优势。魏国出兵攻打赵国,他们的精锐部队都在国外,国内留下的都是老弱病残。应该直接进攻魏都大梁,国都被袭,魏军一定回师自救,齐军在交通要道设下埋伏,一定会打败魏军。齐威王采纳了孙膑的意见,果然在桂陵大败魏军,大获全胜。

马陵之战扬威名。十三年后,魏国又联合赵国攻打韩国,韩国向齐国求救。齐军像多年前一样用"围点打援"的战法围魏救韩。

魏将庞涓闻讯后，急忙从韩国撤兵。孙膑告诉田忌，多年前魏军中过围魏救赵之计，一定会倍加小心，这次用不一样的计谋。齐军进入魏国领土第一天，孙膑命令士兵安排为十万人做饭的炉灶，第二天安排为五万人做饭的炉灶，第三天安排为三万人做饭的炉灶。庞涓追了三天，看到此种情景，就下令甩掉步兵，只带一支轻装的骑兵昼夜兼程(白天和黑夜都不停地赶路。程，行进)地追赶齐军。孙膑早已估算出天黑时庞涓可以赶到马陵，叫人把路边的一棵大树削去树皮，在露出白木头的地方写下"庞涓死于此树之下"几个字。孙膑在马陵道路狭窄、地势险要的地方埋伏一万多名善射的齐兵，约定天黑后，只要看到火光，就一起放箭射向火光。当天夜里，庞涓果然带兵进入了马陵道，模糊地看到树上有字，就命令士兵点燃火把来照明，结果树上的字还没看完，两旁埋伏的齐兵便万箭齐发，魏军乱作一团。庞涓中箭，在树下拔剑自刎。马陵之战，齐军再次大获全胜。

知己知彼，百战不殆。打仗要了解敌方的情况，尤其是将领的性格。孙膑和庞涓是同学，对庞涓的性格可以说是了如指掌(形容对事物了解得非常清楚，像把东西放在手掌里给人家看一样。了，明白；指掌，指着手掌)。他知道庞涓自负军事才能出众，魏国人又以剽悍著称。所以庞涓看到齐军炉灶减少，认为齐兵怯懦(qiènuò)，士兵都逃跑了，就放弃行军速度慢的步兵，率领少量的骑兵追赶，结果轻敌冒进，在马陵遭遇埋伏，兵败自刎。一个"围点打援"战法，孙膑使用得出神入化。

孙武、孙膑都是伟大的军事家，春秋战国时代还有一位军事家。他做魏国的将军，魏军强大无比，别国不敢进犯；他做楚国的令尹，楚国国富兵强，争霸中原。他是谁？请看下回——求功名杀妻献将　伏王尸借刀杀人。

本文改写自《史记·孙子吴起列传》。孙膑无论是指导田忌赛马还是指挥桂陵和马陵之战,都显示了卓越的军事才能,在战略上能正确地选择作战时间、空间,在战术上因势利导(顺着事情发展的趋势,向有利于实现目的的方向加以引导),制造假象,用围魏救赵、批亢捣虚(比喻抓住敌人的要害乘虚而入。批,用手击;亢,咽喉,比喻要害;捣,攻击;虚,空虚)、减灶示敌等谋略使敌人产生错误判断而自动就范,在中国战争史上写下了光辉的篇章。特别是其创造的"围魏救赵"的战法,为历代兵家所借鉴。出自本篇的成语有:围魏救赵。

第二十五回　求功名杀妻献将　伏王尸借刀杀人

为了成就功名,母亲去世他没有回家安葬;为了求取官位,他杀掉妻子避免受到猜疑。做西河太守,他助魏逐鹿中原;任楚国令尹,他使楚国兵强马壮。他用不孝和杀戮,用坚忍和不屈演奏了人生的三部曲。他就是吴起,一位毁誉参半的军事家。

在乡人眼中,他是个杀人恶魔。吴起曾杀了三十多个人,因为那些同乡嘲笑他花光了全部家产却一事无成。因为杀人,吴起不得不离开卫国,在东郭门与母亲告别时,他咬掉手臂上的一块肉,发誓如果当不上卿相一样的大官,就决不再回来。

在曾子眼中，他是个不孝子。吴起离开卫国后，向曾子求学。不久，吴起的母亲去世，他竟然没有回家给母亲办丧事。曾子鄙视他的人格，就和他绝交了。

没有亲人，没有朋友，没有祖国，吴起在一无所有的序曲中，开始演奏自己的人生乐章。

第一乐章，求功名杀妻献将。吴起来到鲁国，为鲁国国君做事。一次，鲁国遭受齐国进攻，国君想让吴起担任将领。但吴起的妻子是齐国人，所以鲁国怀疑吴起不会为鲁国尽力。吴起为了功名，不想错过这次机会，就把妻子杀了，来表明自己与齐国毫不相干。吴起当上将军，率兵打败了齐军。但杀掉妻子也并没有让吴起获得信任，他还是被炒了鱿鱼。

第二乐章，功绩高遭人排斥。离开鲁国，吴起来到魏国求见魏文侯。魏文侯不知吴起是个什么样的人，就向大臣询问。李克说吴起贪图功名，母死不葬，杀妻献将，不会处理人际关系。但是他有一点过人之处，就是带兵打仗，即使是司马穰苴(rángjū)也比不过他。

吴起带兵，能和士卒同甘共苦。他和最下等的士兵吃一样的饭，穿一样的衣服，睡觉时不铺褥子，行军时不骑马坐车，还亲自背粮食，但这些不足以表现吴起治军有方。有一个例子足以证明吴起深得军心，有一个士兵长了痈疮(yōngchuāng)，吴起亲自用嘴把疮里的脓(nóng)吸了出来。这位士兵的母亲听说后，非但没有感谢吴起，反而大哭起来。别人就很奇怪，将军能为一个普通士兵吸脓，作为一个普通人是多么荣耀的事啊，为什么还大哭呢？原来，吴起曾经也这样替这位士兵的父亲吸过疮，士兵的父亲深受感动，头也不回地战死在沙场上。如今吴起又替士兵吸疮，这个士兵也一定会像他父亲一样冲锋陷阵，头也不回地战死沙场，所以士兵的母亲大哭。

魏文侯任用吴起为将，带兵攻秦，吴起不负众望，一连夺取了秦国的五座城池。吴起不仅有军事才能，政治才能也很突出。在魏武侯时，吴起做了西河太守，将西河治理得井井有条。吴起在军事、政治方面双丰收，声望也越来越高，这引起了别人的嫉恨。

魏武侯时的相国是公叔，公叔的妻子是魏国的公主。吴起有很高的声望，成为公叔的竞争对手，所以公叔想要撵走吴起，他的门客为他出了个主意。

在一次朝会上，公叔盛赞吴起军事、政治方面的功绩，说吴起是个了不起的能人。吴起的功绩国人有目共睹，魏武侯也十分赞同公叔的评价。公叔又说吴起可能不会长久地留在魏国。魏武侯根本不信，公叔就建议魏武侯用公主招亲的方法试探吴起，如果吴起想长期留在魏国就会接受这门亲事，和魏国宗室联姻；如果心有异志，就会拒绝。魏武侯决定验证一下。当晚，公叔邀请吴起到自家做客，在宴会上，魏国宗室公主身份的妻子对故意公叔颐指气使(不说话而用面部表情示意。形容有权势的人指挥别人的傲慢态度。颐指：动下巴示意，指挥别人；气使：用神情气色支使人)，十分不尊重，公叔只是忍气吞声，默不作声。第二天，魏武侯在朝会上想将一位魏国宗室公主嫁给吴起，吴起想起昨晚公叔受的气，就婉言谢绝了魏武侯的美意。魏武侯从此对吴起有了疑心，吴起害怕这样下去会被谋害，就离开魏国去了楚国。

第三乐章，做令尹楚国强盛。吴起来到楚国后，做了楚悼(dào)王的令尹(楚国在春秋战国时代的最高官衔，是掌握政治事务，发号施令的最高官，其执掌一国之国柄，身处上位，以率下民，对内主持国事，对外主持战争，总揽军政大权于一身)。他对楚国进行了大刀阔斧的改革，制定法令，裁汰冗(rǒng)

员，废除特权，驱逐客卿，加强军事。经过一系列改革，楚国的实力大增，南平百越，西伐强秦，北兼陈蔡，击退韩魏，争霸中原。但是吴起的改革，侵害到楚国旧贵族的利益，他们痛恨吴起。等到楚悼王一死，旧贵族就发动叛乱，在楚悼王的葬礼上追杀吴起。吴起自知难逃一死，就跑到了停尸的地方，趴在楚悼王的尸体旁。那些旧贵族对吴起恨之入骨，向他射箭，许多箭也射到了楚悼王的尸体上。吴起被杀害了，但是射中楚悼王的尸体也犯了大不敬之罪，那些追杀吴起的旧贵族被新任楚王斩首，被灭族的有七十多家。

吴起自知必死无疑，借楚悼王的尸体灭掉了仇人，可以说是借刀杀人。史书中还有一个人借自己的尸体杀掉了陷害自己的人，他是谁呢？请看下回——空游历落魄(pò)潦倒　苦读书合纵六国。

知识链接

本文改写自《史记·孙子吴起列传》。吴起在任西河太守期间，根据多年的作战经验，著了《吴子兵法》。这是一部在我国军事史上与《孙子兵法》并列的古代军事著作。吴起变法虽然失败，但变法在楚国贵族政治中激起了巨大的波澜。吴起变法所采取的各项措施在楚国的政治生活中留下了深刻的影响。如《韩非子·喻老》云："楚国的法律，领俸禄的大臣两代后就收回他的封地"；《淮南子·人间训》云："楚国的风俗，功臣两代之后就断绝俸禄"。这些记载与吴起变法中的"封君三世收其爵禄"的条文相合，应该说是吴起变法以后出现的。吴起变法促进了楚国贵族政治向官僚政治的转化。出自本篇的成语有：杀妻求将。

第二十六回　空游历落魄潦倒　苦读书合纵六国

他曾经落魄潦倒,事业处在低谷的他似乎生活在冰封的谷底,永远看不到太阳;他也曾身挂六国相印,组织的六国合纵使秦国十五年不敢窥视函谷关(秦通往东方六国的重要关口),事业如日中天,红得发紫的他像一颗耀眼的明星照亮了整个夜空。他用坚持和信念演绎着自己的冰火两重天,他就是纵横家的代表——苏秦。

磨炼第一重,穷在闹市无人问。

人情冷暖,世态炎凉,苏秦真切地感受到了,由皮肤直至骨髓。

苏秦花费了千金在外游历,想要成就一番事业。几年过去了,钱花光了,苏秦带着一张菜色的脸,穿着一件光板儿没毛的貂皮大衣,拖着两条铅一样沉的腿回家了。走到家门口,没有期待中的夹道欢迎,没有迎接的欢声笑语,没有嘘寒问暖,甚至连妻子那张熟悉的脸都没有看到,有的只是紧闭的大门和阵阵寒风。推开吱呀作响的门,哥哥和嫂子只是抬头看了一眼就回到自己的房间,关紧了房门。推开自家的门,妻子正在织布机上织布,没有期待中的接风洗尘,甚至连一口热水也没有。沉默,死一样的寂静。苏秦的心中五味杂陈(甜、酸、苦、辣、咸一起涌上心头,体会不出是哪种味道,形容人的心情不好受),沉重的心又蒙上了一层冰霜。别人那样鄙视自己也就算了,可结发共枕席的妻子怎么也这样对待自己,苏秦陷入了深深的思索中。

周人的风俗,向来是做买卖,获取十分之二的利润,而苏秦从事口舌之事，把家产赔了个精光。回到家里，他获得的只有冷嘲热讽（用尖刻辛辣的语言进行讥笑和讽刺）。苏秦伤心难过，把自己关在屋子里，他把书箱中所有的书都翻出来重读了一遍，找出了一本《周书阴符》没日没夜地研读。一年后，苏秦再次开始了自己的纵横之路。

苏秦来到秦国游说秦惠王，但是当时秦国刚杀了公孙鞅，厌恶纵横游说之士，所以苏秦没有成功。苏秦又来到赵国游说，也没有成功。但苏秦没有放弃，他继续用行动证明自己的信念，他来到了燕国。

磨炼第二重，富在深山有远亲。

在燕国苏秦点燃了燎原大火的第一颗火星，他向燕文侯分析了燕国的地理位置、经济实力、军事部署等问题，建议燕文侯要想保住燕国，就要联赵抗秦。他成功了，燕文侯采纳了他的建议，为他提供车马和财物，让他到赵国去游说。重返赵国，苏秦成功说服了赵王，获得了一百辆装饰华美的车子，黄金一千镒，白璧百双，锦绣千匹。苏秦又接受赵王命令，说服东方各国诸侯参加合纵结盟。之后，多米诺骨牌效应产生了。苏秦接连说服韩宣王、魏襄王、齐宣王、楚威王联合抗秦。于是六国联合，力量集中，苏秦做了合纵盟约的领导人，兼任六国的宰相。

苏秦火了，成了当时红极一时的人物，他可以衣锦还乡（指富贵以后回到故乡。含有向乡里夸耀的意思）了。

苏秦北上向赵王复命的时候，途经洛阳，随行的车马辎(zī)重以及各国护送的使者极多，就像是国君出巡一样。苏秦的兄弟妻嫂趴伏在地上，斜着眼睛看，不敢抬头。看着趴在地上的亲人，他感觉既熟悉又陌生，既亲切又冷漠。苏秦笑了，那笑声由小到大，由脸上到心中，最后化作一汪泪水。苏秦问嫂子："为何以前那样傲慢，现在又变得如此恭敬了呢？"他的嫂子匍匐（púfú）前进，把脸贴在地上，她的回答是那么的直接，那么的纯粹："因为您现在官做得大，钱挣得多啊！"藏在苏秦心中的一个疑问终于解开了。原来如此啊，我苦苦寻觅的答案竟然如此简单。同样是我，贫贱时就轻视我，富贵了就怕我，亲人尚且如此，更何况别人呢。假如当初不发奋努力，我又怎能身佩六国相印，位极人臣？

解开了心中的疑惑，苏秦的心释然了。他没有给兄弟妻嫂一个铜板，但是对有恩于自己的人都进行了回报，当初借给苏秦一百个铜钱的人，获得了一百斤黄金的回报。

苏秦回到赵国后，派人把合纵的盟约送给秦国，秦国十五年都没敢再出函谷关。

后来燕王派苏秦到齐国做间谍，齐宣王死后，齐湣（mǐn）王即位，苏秦为了消耗齐国，为燕国提供可乘之机，劝说齐湣王隆重地安葬宣王，并且扩建宫室、苑囿（yuànyòu）。齐国的大夫中有人与苏秦争宠，派人暗杀苏秦。苏秦受了重伤，刺客逃走了。苏秦快死时对齐王说："如果我死了，请您把我车裂后在广场上示众，宣布我是燕国的间谍。这样暗杀我的人一定会来观看，就能抓到他。"齐王按照苏秦的话办，果然捉住了凶手。

苏秦组织合纵，联合六国抵抗秦国，秦国又会采取什么样的策略应对呢？请看下回——遭诬陷张仪受辱　获重用使将连横。

知识链接

本文改写自《史记·苏秦列传》。战国末年，出现了研究"纵横之术"的纵横家。所谓"纵",指"合纵",它的代表者为苏秦。他主张把东方六国——齐、楚、燕、赵、魏、韩联合起来,抗击秦国。所谓"横",指"连横",它的代表者为张仪,他主张以秦国为中心,运用远交近攻的策略联合东方的某些国家,攻击另外一些国家,采用"各个击破"的策略。最终"合纵"失败,秦国通过连横的方式,击败了六国,统一中国。苏秦以一己之力促成山东六国合纵,使强秦不敢出函谷关十五年,又配六国相印,叱咤风云。后世敬仰其成就,以"苏秦背剑"来命名武术定式,十分形象,通俗易懂,更取其纵横捭阖(指在政治或外交上运用手段进行分化或联合。捭阖,bǎihé,开合)之意。出自本篇的成语有:悬梁刺股、纵横捭阖、前倨后恭。

第二十七回　遭诬陷张仪受辱　获重用使将连横

他是苏秦的师弟,同样精通游说(凭口才劝说君主采纳某种主张。说,shuì)之术;他也曾受人诬陷,惨遭毒打,但是他凭借三寸不烂之舌报仇雪恨。他就是——张仪。

在张仪早期的人生中,他遇到了两个人,一个是小人,另一个还是小人。

张仪是魏国人,和苏秦一样曾经向鬼谷子先生学习,学成之后便去游说诸侯,他来到了楚国。

一天,张仪拖着伤痕累累的身子回到家中,他的妻子看到张仪遍体鳞伤(浑身受伤,伤痕像鱼鳞一样密,形容受伤很重),连忙问他怎么了。

可是张仪反问妻子说:"我的舌头还在吗?"他的妻子说:"舌头当然在呀。"张仪说:"舌头还在就够了,等着我复仇吧!"原来,张仪陪楚国令尹饮酒。宴会后,楚相的玉璧不见了,相府里的人都怀疑是张仪干的,因为当时只有张仪是外人,他又非常穷困,所以大家捉住张仪,说他是偷玉璧的贼,把他打得遍体鳞伤。

张仪遇到了楚国令尹这样的小人,也就不能在楚国混了,他去了赵国。

在家靠父母,出门靠朋友。来到赵国,张仪去找自己的同窗——苏秦。当时苏秦已经使东方诸国结成了合纵联盟,身挂六国相印,地位显赫(hè)。苏秦接到张仪的名帖,告诉手下的人不要为张仪通报,又故意留住张仪,不让他走。这样过了几天,才接见张仪。苏秦身穿华丽的衣服,高高地坐在厅堂之上,他让张仪坐在大堂之下。苏秦的桌案上摆满了山珍海味,珍馐(xiū)佳肴,张仪的桌案上摆的是仆人侍女们才吃的粗劣食物。苏秦不仅不顾同窗之谊,还把张仪奚落(指用尖酸刻薄的话揭人短处,使人难堪)了一顿。张仪前来赵国,本以为苏秦是同窗,能够帮助他,没想到反遭一番侮辱。

真是破屋又遭连夜雨,漏船又遇打头风。在楚国,他遇到一个小人,受到一番羞辱;到赵国又遇到一个小人,遭受无情的打击,还是同窗。张仪越想越生气,想到只有秦国能给赵国苦头吃,只有秦国才能帮自己洗刷耻辱,就去了秦国。

去秦国的路上,张仪终于遇到了一个好人。那人是个大商人,正好也去秦国做生意。他见张仪相貌堂堂又有鸿鹄之志(比喻志向远大。鸿鹄,hónghú,天鹅),就资助他。一路上,二人同行同宿,到了秦国后他送给张仪车马财物帮他拜见秦惠王。在那个富商的帮助下,张仪做了秦惠王的客卿(古代官名，春秋战国时授予非本国人而在本国当高级官员的人)。张仪在秦国受到重用，那个富商就来向张仪告辞了。张仪时来运转，正准备报答富商，就极力挽留。到这个时候，富商才把全部计划和盘托出(连盘子也端出来了，比喻全都讲出来，毫不保留。和，连同)。

原来，几个月前，苏秦在大庭广众下羞辱张仪，就是担心张仪只满足在东方做一个小官而不思进取，所以侮辱他一番，以此来激励他。苏秦知道张仪穷困，没有钱结交秦王的近臣，更没有机会拜见秦王了，所以才派自己的门客扮成富商帮助张仪。

到这时，张仪明白了师兄用的是激将法(指用刺激性的话或反话鼓动人去做某事的一种手段)。真正对自己有知遇之恩(意思是给予赏识和重用的恩情)的人正是师兄苏秦。张仪生命中的第二个小人，其实是他的贵人。

张仪和苏秦，一对同窗好友，一个主张连横，一个采取合纵。他们有手足之情、同窗之谊，但各为其主，政治主张不同，最终也分道扬镳(分路而行。比喻目标不同，各走各的路或各干各的事。镳，biāo)。

张仪在秦国担任相国后，采取连横的策略，分化瓦解了东方六国的合纵联盟，使秦国重新获得了战略上的优势。在分化瓦解合纵联盟的过程中，张仪对楚国格外用心，因为张仪曾经在楚国遭受过侮辱。请看下回——报深仇张仪欺楚　贪小利怀王中计。

知识链接

本文改写自《史记·张仪列传》。从公元前328年开始，张仪运用纵横之术，游说于魏、楚、韩等国之间，利用各个诸侯国之间的矛盾,或为秦国拉拢,使其归附于秦;或拆散其联盟,使其力量削弱。但总的来说,他是以秦国的利益为出发点的。他不仅使秦国在外交上连连取得胜利,而且帮助秦国开拓了疆土,因此可以说他为秦国的强大和以后统一中国立下了**汗马功劳**(指在战场上建立战功。现指辛勤工作做出的贡献。汗马:将士骑的马奔驰出汗,比喻征战劳苦)。**出自本篇的成语有:两败俱伤、瞋目切齿、坐山观虎斗、贯颐奋戟。**

第二十八回　报深仇张仪欺楚　贪小利怀王中计

　　张仪和楚国的关系还真的很紧密,在与楚国的三次交锋中,张仪二胜一败,最终取得胜利。

　　张仪第一次和楚国打交道,还是他作为一个默默无闻的说客的时候。那次宴会上,张仪被诬陷偷了楚国令尹的玉璧而饱受侮辱,现在张仪的舌头还在,他要向楚国复仇了。

　　张仪第二次和楚国打交道,只因为六百里或六里的土地。张仪连横的策略就是要破坏东方六国的合纵联盟,秦王派张仪前往楚国破坏齐楚联盟。张仪将屈辱化为唇枪,将愤怒化为舌剑,带着舌头来到了楚国。

　　楚怀王问张仪来到楚国有何贵干,张仪说秦国想和楚国结交,但前提是楚国得先和齐国断交。如果楚国答应秦国的条件,秦国就把商於六百里的土地献给楚国。楚怀王是个**贪婪**(tānlán)的人,他听说不费一兵一卒就能获得商於六百里的土地,就想要答应秦国。楚国大夫陈轸对于此事忧心忡忡(形容心事重重，非常忧愁。忡忡，chōngchōng，忧虑不安的样子)，他劝说怀王，事情可能没有大王想象的那么简单。秦国之所以看重楚国，是因为楚国背后有齐国。现在楚国与齐国绝交，就会孤立无援。秦国怎么会将六百里商於之地送给一个孤立无援的国家呢？所以陈轸建议表面上与齐国绝交，暗中与齐国修好，派人同张仪到秦国去接受商於的土地。得到了土地，再与齐国绝交；得不到土地，再作主张。楚怀王急于求成，眼中只有利益，没有听从陈轸的建议，急急忙忙与齐国绝交了。

张仪成功地破坏了齐楚联盟，就从楚国回到秦国。一次上朝的路上，张仪假装上车失足，摔坏了腿，就在自己的官邸(dǐ)里养了三个月的伤。楚怀王迟迟得不到商於的土地，还以为秦国嫌楚国与齐国绝交不彻底，就派勇士到齐国大骂齐王。齐王大怒，立即撕毁了和楚国订立的盟约，转而和秦国建立盟约。秦国与齐国建立盟约后，张仪才告诉楚国使臣，自己有六里的土地，希望献给楚怀王。楚国使者听到张仪的话惊得目瞪口呆(形容因吃惊或害怕而发愣的样子)，简直不相信自己的耳朵，在楚国时说好的是六百里土地，怎么到秦国就变成了六里土地。张仪告诉楚国使者，他没听错，割让六百里土地这样的大事，得秦国国君同意才行，自己怎么敢自作主张呢。自己能够承诺割让的，只能是自己六里的封地，所以自己没说错，楚国使者也没听错，就是六里土地。

使臣回国将情况报告了楚怀王，怀王遭到戏耍，火冒三丈，要发兵攻秦。陈轸又进言，攻打秦国不明智，不如割地贿赂(huìlù)秦国，再与秦国联合攻打齐国。这样楚国向秦国割出的土地，可以从齐国得到补偿，楚国没有损失。楚怀王不听陈轸的意见，一意孤行(指不接受别人的劝告，顽固地按照自己的主观想法去做)派将军屈匄(gài)攻打秦国，但是楚军被齐秦联军打败，将军屈匄战死，楚兵死亡八万人，楚国丢掉了丹阳、汉中的土地。楚怀王恼羞成怒，又增兵袭击秦国，结果在蓝田又被秦军打败，只好割让两座城池与秦国议和。

张仪第三次和楚国打交道，冒着被碎尸万段(极言对罪大恶极者予以严厉的惩罚)的风险，因为楚怀王对他恨之入骨。之前的战争，楚国丢失了大片国土，但仍把守着战略要地黔(qián)中。因此，秦国想要用武关以外的土地换取楚国的黔中。楚怀王现在什么都不在乎，只想立刻杀了张仪，就告诉秦国只要得到张仪，楚国可以把黔中的土地直接献给秦国。秦惠王知道楚怀王要杀张仪报仇，所以不忍让张仪去楚国。张仪告诉秦王，自己与楚国的靳(jìn)尚交好，到时自有办法。

张仪一到楚国，就被囚禁起来，但不久就逃之夭夭了。这是为什么呢？原来，张仪贿赂了靳尚，让他找楚怀王的夫人郑袖并告诉她："秦王听说张仪被囚禁，一定要救他出来，现在秦王准备送给楚王六个县的土地和善于唱歌的美女作为筹码来换取张仪。如果秦国的美女得宠，夫人您就会受到冷落了，还不如说情释放张仪。张仪被放，秦国的美女就不会来了，您会一直得到楚王的宠幸。"郑袖也是个邀宠嫉妒的女人，她就日夜向怀王进言，楚怀王在郑袖及靳尚的迷惑下，改变了主意，释放了张仪。

张仪巧舌如簧(舌头灵巧，像簧片一样能发出动听的乐音。形容花言巧语，能说会道)，凭借三寸不烂之舌，玩弄楚怀王于股掌之间，说话的艺术被他演绎得精彩绝伦。其实，赵国也有一位擅长说话艺术的大臣，他是谁呢？请看下回——质少子太后唾面　巧进谏左师成功。

知识链接

本文改写自《史记·张仪列传》。尽管张仪不讲信义，在外交场上运用欺骗伎俩，为人们所不齿，但仅从一个使者的角度来看，他是出色地完成了每一次外交任务。而且作为纵横家的一代鼻祖，他开创了一个局面，为后世的外交家们在辞令和外交技巧等方面提供了一种范式。出自本篇的成语有：众口铄金，积毁销骨；刺虎持鹬、驱羊攻虎、科头跣足。

第二十九回　质少子太后唾面　巧进谏左师成功

她是赵国的太后，一个寡妇辅佐年幼的国君苦心经营赵国的基业；他是赵国的左师，一个退休在家的老干部，为儿子找工作而奔忙。在赵国的朝廷上，他们又能擦出怎样的火花，请看一个老太太和一个老头之间的一段传奇故事。

赵惠文王驾崩，年幼的赵孝成王即位，赵太后辅政。秦国趁着赵国国丧，派兵攻打赵国。形势危急，赵国向齐国求救，但齐国要求赵国派人质，才可以出兵。春秋战国时，各诸侯国为取得相互信任，经常会互派人质。人质一般由宗室子弟担任，当然各国互派的人质大多是不太重要的子弟。但是齐国要求赵国派的这个人质很重要，他是长安君(孝成王之弟)——赵太后的小儿子。

秦国攻势紧迫,大臣们都极力劝谏。太后心疼自己的小儿子,坚决不同意。大臣们又是上奏章,又是讲道理,最后把赵太后逼急了,歇斯底里地怒吼:"谁再说让长安君做人质,我就向他脸上吐唾沫。"

对于赵太后的撒泼无赖,众位大臣无计可施。退休在家的左师触龙听说此事后,请求拜见太后。太后听说还有人要进谏,就满脸怒气地等着。触龙来到宫殿上,吃力地推开厚重的宫门,手拄龙头拐,步履蹒跚(pánshān)地向前走,他用了好长时间才走到太后跟前,并向太后道歉,说自己年龄大了,腿脚不听使唤,不能快走,希望太后见谅。太后看到触龙老态龙钟(形容年老体衰,行动不灵便)的样子,心生怜悯(mǐn),就让人赐座。触龙颤颤巍巍地坐下,然后说自己年龄大了,很久没有来宫中了,不知太后近来身体如何,所以前来探望。太后见触龙没有说让长安君做人质的事,怒气削减了许多,就和触龙说最近国事繁忙,身体状况不好,现在出行都靠坐车了。触龙又问太后食欲怎么样,太后说国事烦扰,没什么胃口。触龙说自己年龄大了,也吃不下东西,但每天走几里路,运动运动,身体就舒服些了。一直没有谈论长安君的事情,太后的情绪平复了许多。

触龙对太后说:"听说王宫要挑选卫士,我有个小儿子,想让他当个王宫卫士。"太后问:"孩子多大了?"触龙说:"十五岁了,也不成器,今天来就是想趁死之前,先把他安排好。如果太后答应,我死也能瞑目了。"太后一脸狐疑,说:"男人也这么心疼小儿子吗?"触龙说:"男人要是疼爱子女,比女人厉害。"太后就笑了,说:"一个大男人怎么疼爱孩子,还是女人更心疼子女。"触龙慢悠悠地说:"男人和女人疼爱孩子的方式不同,女人疼孩子基本上就是吃饱穿暖,但男人疼孩子更多的是为孩子长远计划打算。我为小儿子的将来考虑,所以给他找了个宫廷侍卫的工作,但觉得太后为长安君将来的打算没有为燕后(赵太后之女,嫁给燕王)的打算细致。"太后说:"自己更爱长安君,触龙为什么那么说呢?"触龙说:"大凡父母疼爱子女,都为他们的长远利益考虑。当初太后的女儿出嫁燕国,太后不是一直祷(dǎo)告,希望她在燕国能生活幸福,替她考虑长远,希望她的子孙能在燕国称王吗。但是太后为长安君就没有这样长远的打算,长安君现在地位尊贵,俸禄优厚,但没有给国家建立过功勋。如果哪一天太后不在了,长安君靠什么在赵国立足呢。太后想过这个问题吗?"太后说:"没有。"触龙说:"向前推到赵国建立,历代赵王受封为侯的那些儿子,他们的封地、封号还有保留到现在的吗?"太后说:"没有了。"触龙说:"不仅仅是赵国,其他诸侯国封侯的后代现在的封号还有存在的吗?"太后说:"没听说过。"触龙说:"为什么他们的封地、封号没有了呢?不就是因为他们地位尊贵,俸禄优厚,却没有给国家建立功勋,因此逐渐就取消了吗?现在长安君不也是这种情况吗?所以我认为您替长安君谋划得不够长远。"太后说:"好,我明白了左师的一片好心,我让长安君听从您的安排。"

赵国立即安排了上百辆车子让长安君到齐国当人质,齐国也迅速派来了救兵。

赵孝成王即位时,赵国已经衰落,赵太后才落得个用人质换救兵的结果。赵国曾经一度强大过,是谁领导赵国改革,使赵国立足于六国之中呢?请看下回——武灵王胡服骑射 赵主父饿死沙丘。

知识链接

本文改写自《史记·赵世家》。赵太后在长安君质齐问题上怕的是小儿子吃亏,要的是小儿子的幸福,触龙以为她小儿子长远利益打算为着眼点,找到了解决问题的良药,打开了赵太后的心结。任何想法都存在利与害的双重性,也就是人们所说的"有失必有得,有得必有失"。与人沟通是做人必备的能力,沟通的艺术是做人处事的必修课。沟通要冷静理智循循善诱(指善于引导别人进行学习。循循,有次序的样子;善,善于;诱,引导),力避锋芒相抵;要知人知心换位思考,力避强加于人;要通情达理,以情动人,避免咬定死理不放。出自本篇的成语有:盛气凌人、舍本逐末、嫁祸于人。

第三十回　武灵王胡服骑射　赵主父饿死沙丘

他是一位富有雄心的国君,他在位期间赵国国土大幅增加,国力大增,他就是开创胡服骑射的——赵武灵王。

赵武灵王一生只办了两件事,一件对事,一件错事。对事让他声名远播,流传千古;错事让他受尽折磨,饿死沙丘。那么他做了哪两件事呢?

第一件事,胡服骑射。赵国地处边陲(chuí),经常受到北方少数民族的入侵。游牧民族,打得过就抢,打不过就跑。汉族的步兵追不上，骑兵又不厉害，派小股部队去追，隔靴挠痒（隔着靴子搔痒，比喻说话作文不中肯，不贴切，没有抓住要点。或做事没有抓住关键。挠，抓），派大军团作战，找不到敌军老巢。所以赵武灵王想要改革汉族的传统，穿胡人的服装，练习胡人的骑射，来增强赵国的军事实力。想要改革，首先要获得支持，但朝廷大臣中就有不赞同改革的，又如何能在全国推广呢。赵武灵王遇到了改革中的拦路虎，反对改革的正是德高望重（道德高尚，名望很大。德，品德，望，声望）的叔叔公子成。

公子成认为中原地区是聪明睿（ruì）智的人居住的地方，圣贤实施教化，用仁义治国。远方异域的人都仰慕中原文化，所以汉民族是先进的民族，汉民族的礼仪文化也优于外族。如今赵武灵王舍弃中原礼节，去学习异族的习俗，这是舍本逐末（抛弃根本的、主要的，而去追求枝节的、次要的。比喻不抓根本环节，而只在枝节问题上下功夫。舍，舍弃，逐，追求）。

赵武灵王认为汉民族自有先进的地方，但做任何事情都应该因地制宜，因时而变。祖先根据当时的情况制定礼仪衣服，是为了富国强兵；现在改变衣服礼仪，同样也是为了富国强兵。时代变了，服饰和礼仪也应随之变化，只要对国家有利，不一定固守古代的制度。赵国经常受游牧民族侵袭，汉族的战法不适应灵活机动的骑兵作战，所以要学习对方先进的地方，胡服窄袖短小，穿着方便；骑兵速度快，机动灵活。学得敌方的长处，增强自身的军事实力，才能改变被动挨打的局面，才能有可能彻底解决游牧民族入侵的问题。

经过赵武灵王的一番解释，公子成发现自己站位低，没能站在国家的角度考虑问题，眼界不具有全局性，也体会到了赵武灵王的良苦用心。公子成由原来反对改革转而支持改革，并率先穿上胡服，为全国的百姓做表率。

有了公子成等一批大臣的支持,赵武灵王的"胡服骑射"很快在赵国推广开来。赵国改革后,军事实力大增,灭掉了中山国,占领了代地,收编了楼烦军队。

赵武灵王在政治上高瞻远瞩(站得高,看得远。比喻眼光远大),具有远见卓识;但在立太子,安排接班人的问题上目光短浅,自食恶果。

第二件事,错换太子。

赵武灵王原先立的太子是赵章,后来他喜欢宠妃吴娃,便废了赵章而立吴娃生的儿子赵何为太子,他自称"主父"。一次,主父让赵何在殿上听政,自己在旁边观察群臣对赵何行礼。主父见长子赵章身材高大,反而向北叩拜弟弟,并自称臣子,心生同情,就想要把赵国一分为二,但主意尚未拿定。这样的想法无意间被透露了出去,赵章也有了异心。

后来主父和赵何离开国都到沙丘游玩,各住一所宫殿,赵章趁机率领党徒在沙丘发动叛乱。公子成和李兑(duì)听说变乱,率军从国都前来护驾,赵章战败,逃进了主父的宫殿,公子成和李兑便下令包围了主父所在的宫殿。公子成和李兑本来是来平定叛乱的,但因为赵章的缘故包围了主父,这也是对国君大不敬,犯的是死罪。所以他们索性派兵彻底包围了主父的宫殿,二人杀死了赵章,要求里面的随从全都出来,将主父一人围困在宫中。主父被围困,食物吃光了,最后只好掏鸟窝里的雏鸟来吃,三个月后,主父被饿死在沙丘的宫殿。

赵武灵王为赵国留下了"胡服骑射"勇于改革的传家宝,而多年后,一个无价之宝却给赵国带来了危机。谁又能化解赵国的危机呢？请看下回——秦昭王城换至宝　蔺(lìn)相如完璧归赵。

知识链接

本文改写自《史记·赵世家》。赵武灵王赵雍，赵国迁都邯郸后的第四代国君，是我国封建社会初期一位雄才大略的政治家、军事家和改革家，为了拓展疆土、富国强兵，他不为旧制和保守势力所束缚，力排众议，勇于革新，于公元前307年推行以"胡服骑射"为中心的军事改革，获得了巨大成功，使赵国的军力显著增强，成为战国后期东方六国中唯一能与强秦抗衡的国家。

第三十一回　秦昭王城换至宝　蔺相如完璧归赵

它曾经是一块顽石，它被卞和的慧眼看透，它在卞和为它失去双脚后才展露光芒，它就是赵国得到的那个无价之宝——楚国的和氏璧。

和氏璧的名气太大了，秦昭王听说赵国得到了和氏璧，就想要用十五座城池来交换。

面对强大的秦国，赵国的情况是：如果把和氏璧给秦国，秦国不交城池，赵国白白地受骗；如果不给秦国，秦国可能生气，派兵攻打赵国。赵王犹豫不决，就想找一个合适的人出使秦国，既能保住赵国的和氏璧，又能不得罪秦国，可是一时间也没有合适的人选。

　　这时，太监总管缪(miào)贤推荐了他的门客蔺相如。满朝文武大臣都没有合适的人选，一个小小的门客能有什么作为呢？原来，之前缪贤曾经犯错，害怕赵王处罚，就打算逃到燕国去。蔺相如问缪贤为什么逃往燕国，缪贤说在一次会盟上，燕王拉着他的手说以后有困难可以来燕国，所以打算投靠燕王。蔺相如说当时燕王结交你是因为你在赵国的地位高，现在你作为罪犯逃到燕国，燕王是不可能接纳的。蔺相如建议缪贤向赵王谢罪，兴许还有挽回的余地。缪贤听从了建议，果然获得了赦免。赵王听后，觉得蔺相如能够胜任这个任务，就派他带着和氏璧去了秦国。

　　在秦国的章台(秦国的离宫。不在朝廷，而在离宫接见别国使者，有对该国轻视的意思)，秦王接见了蔺相如，蔺相如双手捧着和氏璧进献给了秦王。秦王非常高兴，他自己看完之后，又传给他的美人和左右亲信们看。蔺相如等了半天，看秦王不搭理他，也不提给赵国城池的事，更不打算还和氏璧，就走上前去对秦王说和氏璧虽然是绝世珍宝，但并非完美无缺。和氏璧上有一个斑点，请求指给秦王看。秦王一听，就把璧递给了蔺相如。蔺相如接过和氏璧，向后退了几步，背靠着柱子，生气地对秦王说："赵国收到秦国的信，认为秦国是个大国，想用城池交换和氏璧，一定会言而有信。赵王也十分重视，斋戒五天后，派我捧璧前来。可是到了秦国之后，我没有受到正规的接见。大王接到和氏璧后也不打算给赵国城池，所以我又把璧要了回来。现在和氏璧在我手中，如果大王逼迫我，我就连头带璧撞碎在柱子上。"

　　秦王怕蔺相如把璧摔坏，就连声道歉，并赶紧让人拿出地图，指着地图的一片区域说，从这里到那里十五座城池划给赵国。蔺相如

心里明白秦王只是做样子,实际上既不会给赵国城池,也不想让自己将和氏璧带回赵国。蔺相如要求秦王也斋戒五天,然后在朝廷上设九宾的礼节,那样才可以正式把璧献给秦王。和氏璧已不在手中,秦王对蔺相如无可奈何,只好答应了。蔺相如这么做就是想为送和氏璧回国的人提供充足的时间,他已经暗中派随从揣(chuāi)着和氏璧从小路先回赵国了。

五天后,秦王举行隆重的接待仪式,在正殿上设九宾之礼,再次召见蔺相如。蔺相如对秦王说秦国自穆公以来二十多位君主,从来都没有遵守过盟约。所以和氏璧已经被送回赵国了,现在的情况是秦国强大,赵国弱小,如果秦国能先把十五座城池割让给赵国,赵国就立刻把和氏璧送回来。秦王和大臣们听了都惊呆了,武士想要拉蔺相如行刑,但是被秦王制止了。因为即使杀了蔺相如,也得不到和氏璧,还破坏了秦赵的关系,秦王就放了蔺相如。

最终,秦国没有给赵国城池,赵国也没有给秦国和氏璧。蔺相如归国后,因为出使维护了国家的尊严,被封为上大夫。

蔺相如成功化解了赵国的一次外交危机,维护了赵国的尊严。之后,蔺相如再一次保赵国颜面不失,成功抵抗秦国。请看下回——渑(miǎn)池会相如胜秦　将相和廉颇负荆。

知识链接

本文改写自《史记·廉颇蔺相如列传》。东周春秋时,楚人卞和在荆山见凤凰栖落青石之上(古人曾有"凤凰不落无宝地"之说),于是他将此璞石献给楚厉王,经玉工辨识认为是块普通的石头。卞和以欺君罪被刖左足。楚武王即位，卞和又去献宝，仍以前罪被断去右足。至楚文王时，卞和抱玉痛哭于荆山下，哭至眼泪干涸，流出血泪。文王甚奇，便命人剖开璞石，果得宝玉，经良工雕琢成璧，人称"和氏璧"。出自本篇的成语有：价值连城、完璧归赵、怒发冲冠。

第三十二回　渑池会相如胜秦　将相和廉颇负荆

赵惠文王二十年，秦王想要和赵王在西河外的渑池举行和平会谈。如果赵王不去，秦王会认为赵王胆小怯懦(qiènuò)；如果去，赵王又可能有危险。廉颇和蔺相如商量后决定，廉颇护送，蔺相如陪同赵王赴会。

廉颇护送赵王只能到赵国的国境线上，他对赵王说："大王此去，我估计来回行程总共不会超过三十天。如果三十天后，您还不回来，我就请求立太子为王，来断绝秦国扣留您做人质的幻想。"于是，赵王和蔺相如启程到渑池参加会晤(会面，会见。晤，wù)。

渑池会晤，秦王就是想羞辱赵王一番，于是在宴会酒酣耳热(形容喝酒喝得正高兴的时候。酒酣，酒喝得很痛快)之际，秦王对赵王说："我听说您擅长弹奏瑟(sè)，请您为大家演奏一曲，以助雅兴。"赵王慑于秦王的威势，害怕得罪秦国，只好勉强弹奏了一曲。这时，秦国的史官就一边写一边大声地念："某年某月某日，秦王和赵王一起喝酒，秦王命令赵王鼓瑟。"蔺相如一听，立刻走出来说："我们赵王也早就听说秦王精通击缶(fǒu)，请允许我给您进上一只缶，来为大家乐一乐。"秦王很生气,不答应。蔺相如就拿过一只缶,双手捧到了秦王面前,跪着请秦王演奏。秦王还是不敲。蔺相如说:"咱俩现在离着不出五步,您要是再不敲,我就和你拼命。"这时秦王的卫士们想要对蔺相如下手,蔺相如瞪圆双眼,大喝一声,吓得秦王的卫士们都不敢动了。秦王只好勉强地敲了一下缶。蔺相如立刻回头招呼赵国的史官说:"某年某月某日,秦王为赵王击缶。"秦国大臣一齐喊道:"请赵王用十五座城池来为秦王做贺礼!"蔺相如也大声地说:"请秦王把都城咸阳拿来为赵王做寿!"结果你来我往,双方平分秋色(比喻双方各得一半,不分上下),直到宴会结束,秦国始终没有压倒赵国,秦王想羞辱赵王的想法没能实现。

从渑池回来后,蔺相如因为机智勇敢,维护了国家尊严,被封为上卿,地位超过了廉颇。

廉颇听说蔺相如升任高官,心里很不服气。他觉得自己多年来出生入死,攻城略地,一步一个脚印辛辛苦苦才坐到将军的位子上,蔺相如只是个出身低贱卑微的门客,仅仅耍了两次嘴皮子,官位就超过他,实在是难以接受。廉颇越想越憋屈,就在公开场合扬言,如果见到蔺相如,一定要好好地侮辱他一番。蔺相如听到后,就故意躲着廉颇,不想和他见面。每到上朝的时候,蔺相如总是推说有病,避免和廉颇发生争执。

但同朝为官,难免相见。一天,蔺相如出门时,半路上遇见了廉颇,蔺相如一见就掉转车头躲开了。蔺相如的门客们都很不高兴,也很不理解,对蔺相如说:"您的地位比廉颇高,功劳比廉颇大,为什么您非得躲着他呢?您怕的是什么呢?何况廉颇还公开扬言要侮辱您,现在您这么做,别人都以为您怕他,就连我们这些门客在别人面前都抬不起头。我们背井离乡(离开家乡到外地。井,古制八家为井,引申为乡里,家宅),抛妻弃子,不就是仰慕您的高尚人品,来做您的门客获得他人的尊重吗? 如果您还是这样畏首畏尾(比喻做事胆子小,顾虑多,前也怕,后也怕。畏,怕),我们还是离开您吧。"蔺相如赶忙拦下他们,解释说:"你们认为廉将军比秦王更厉害吗?"门客们说:"当然比不上秦王。"蔺相如说:"秦王那样有威严,我还敢在大庭广众之下呵斥他,难道我偏偏害怕廉将军吗? 强大的秦国之所以不敢侵犯我们赵国,就是因为有我们两个人在。如果我们两个人争斗起来,就好像是两只老虎相斗,一定会两败俱伤。到时候,赵国一定会受到损害,别的国家就有可乘之机了。我一再忍让,就是要以国家利益为重,以个人恩怨为轻。"门客们听后,对蔺相如佩服得五体投地(两手、两膝和头一起着地,比喻佩服到了极点)。

廉颇听到这个话,意识到自己的错误的严重性,立刻袒露肩背,背着荆条,到蔺相如家里当面认错。蔺相如接受了廉颇的道歉,从此之后两个人相处得非常好,成了生死之交。

廉颇作为赵国的元老将军,辅佐过赵惠文王、赵孝成王、赵悼襄王三位国君。后来廉颇年纪大了,又被政敌陷害,不得不离开赵国。他去了邻国魏国,在魏国住了很久,魏国也没有任用他。后来,赵国经常受到秦国的攻击,赵悼襄王希望再起用(重新任用)廉颇,廉颇也希望回国效力。于是赵王派使者到魏国去看廉颇的身体如何,还能不能为将。廉颇见到赵国使者后,非常高兴,为了表示自己身体健康,完全可以带兵打仗,在使者面前一顿饭吃了一斗米、十斤肉。他披甲上马,一身戎(róng)装,英姿飒爽(形容英俊威武、精神焕发的样子。英姿,英俊的风姿;飒爽,豪迈)。老将廉颇满心欢喜地等待赵国请他回国,但最

终杳无音信(没有一点消息。杳,yǎo,远得不见踪影。音信,来往的书信和消息)。原来,廉颇的政敌郭开贿赂了使者,赵国的使者回到了赵国后依照郭开的吩咐对赵王说:"廉将军虽然老了,但胃口还挺好,能吃一斗米、十斤肉,但不一会儿就连续拉了好几泡屎。"赵王一听,认为廉颇确实不行了,就没请他回国。后来,廉颇孤独地死在了楚国的寿春。

廉颇是赵国优秀的将领,他与秦国作战稳重老成,胜多败少。马服君赵奢、李牧也是赵国著名的将军,但是他们远没有赵国的一位小将军出名,他就是赵奢之子——赵括,请看下回——战长平兵败身死 论军事纸上谈兵。

知识链接

本文改写自《史记·廉颇蔺相如列传》。蔺相如曾是赵国宦官头目缪贤的家臣,后官至上卿,是战国时期著名的政治家、外交家。他一心为国,有勇有谋,不畏强权,不计较个人名利,顾全大局。他的这种爱国精神值得我们学习。

廉颇是战国时期一位杰出的军事将领,其征战数十年,攻城无数,歼敌数十万,为人亦襟怀坦荡,敢于知错就改。他的一生,正如司马光所言:"廉颇一人被任用和不被任用,的确与赵国的生死存亡紧密相连,这真可以作为后代君主用人方面的借鉴啊。"这一结论,既概括了廉颇一生荣辱经历的史实,又揭示了人才与国家盛衰兴亡的重要关系,确实值得后人深思。出自本篇的成语有:负荆请罪、刎颈之交。

第三十三回　战长平兵败身死　论军事纸上谈兵

　　长平之战,是战国时期一场具有战略性意义的战争。它消耗了赵国的有生力量,对其他诸侯国起到了极大的震慑作用,创造了秦军不可战胜的神话,拉开了秦统一六国的序幕。

　　赵括自幼学习兵法,喜欢谈论军事,他很自负,认为自己是个军事奇才。为什么呢? 因为身为名将的父亲赵奢和他谈论战略战术也说不过他。但是赵奢还是了解自己儿子的,他认为儿子没有真本领,不仅仅是没有实战经验,更重要的原因是轻视战争。因为战争是生死攸关(关系到人的生存或死亡,形容事关重大。攸,yōu,所) 的事情,然而赵括却视同儿戏,所以赵奢断言:"如果赵国让赵括带兵打仗,一定会吃败仗。"

　　赵孝成王七年,秦赵两国军队在长平对峙(相对而立。峙,zhì)。赵军守将廉颇知道和秦军硬拼是不行的,只有通过消耗战才能让虎狼般的秦军士气低迷(不振作),无心恋战,到时候秦军自然就撤退了。所以秦军多次挑战,廉颇率领的赵军只是坚守不战。秦军也看出了廉颇的策略,于是使出了反间计,秦军四处散播谣言,说像廉颇这样的老将行将就木(指人寿命已经不长,快要进棺材了。行将,将要;木,指棺材),早已没了锐气,终日躲在营帐中,怕万一战败了,毁掉自己一世的名声,所以不敢和秦军作战。

　　赵王果然中计,打算派新锐将军赵括代替老将廉颇。立即有两个人出来反对，其中一人是重病在身的蔺相如，另一人是赵括的母亲。

蔺相如说赵括徒有虚名，只会读书本，胶柱鼓瑟（用胶把柱粘住以后奏琴，柱不能移动，就无法调弦。比喻固执拘泥，不知变通），不懂随机应变，不能担当重任。不仅外人如此评价赵括，赵括的母亲也强烈反对任命赵括为将。赵括的母亲甚至向赵王请求，如果赵括打了败仗，不要牵连到自己。赵括的母亲又是怎样评价自己的儿子的呢？她告诉赵王，赵括和他的父亲赵奢有本质区别。赵奢为将，从不摆架子，能平等待人，获得的赏赐都分给手下的官兵。可是赵括刚做将军，就对部下不屑一顾（认为不值得一看，形容极端轻视。不屑，不值得，不愿意；顾，看），赏赐的钱财，他都拿回家置办了田产。并且他的父亲也说过如果让赵括为将，赵国一定会打败仗的话。尽管有众人的反对，但是赵括还是在一片反对声中走马上任。

实践是检验真理的唯一标准，是骡子是马拉出去遛遛。赵括上演了自己军事生涯的处子秀。

秦国听说赵军将领换成赵括后，暗中也更换了将领，并且要求部队严守换将的消息。赵括代替廉颇后，改变了廉颇原有的一切部署，立即出兵与秦军作战。新来的秦将命令小股秦军引诱赵括，之后秦军假装失败逃跑，暗中埋伏了两支部队准备截断赵军的后路。赵括小战告捷，轻敌冒进，率军追赶逃跑的秦军一直到秦军军营前，但秦军的工事非常坚固，赵军无法攻破。赵军正打算撤退，事先埋伏好的两支秦军突然杀出截断了赵军的退路。与此同时，另一支秦军攻破了赵军的营垒。赵军被分割成两段包围起来，粮道也被秦军切断了。赵括几次出击都未能突破秦军的包围圈，就坚守工事等待救兵。秦王听说赵军被包围,补给线被切断,就亲自来到前线督战,征调国内十五岁以上的男子全部去长平作战。

赵军被围困四十多天后,军中已经没有粮食了,士兵们到了互相残杀吃人肉的地步。赵括只好选出一部分精兵,率军突围,结果均被秦军乱箭射死了。赵军没了将领,很快军心涣(huàn)散,四十多万人被迫投降,这四十多万降卒被秦将通通活埋了,只有二百四十个未成年的士兵被放回赵国来宣扬秦军的威力。长平之战,赵军损失四十五万人。

长平之战,秦军为什么也临阵换将,为什么要严守换将的消息,新来的将领是谁?请看下回——善用兵战功卓著　犯龙颜杜邮自裁。

知识链接

本文改写自《史记·廉颇蔺相如列传》。在赵括母亲身上,我们可以看出一位将军的妻子、一位侯门贵妇的修为和远见。赵家因她的远见和智慧得以保全,没有被株连。知子莫若母,只是在那样的乱世,暂时的安全又能坚持到什么时候呢?当秦军攻破邯郸,灭掉整个赵国的时候,不知赵家能否成为在覆巢之下幸存的一颗完卵。赵括有这样战功赫赫、智勇双全的父亲,又有这样一位胸怀博大、气度恢宏的母亲,怎么他自己却如此不堪。或者,他的强项不在行军打仗,这恰恰是他致命的弱点。然而,历史只留下了他"纸上谈兵"的千古笑谈和他母亲的大仁大智。出自本篇的成语有:胶柱鼓瑟、纸上谈兵。

第三十四回　善用兵战功卓著　犯龙颜杜邮自裁

　　长平之战是他军事生涯中一颗璀璨的明珠。他是秦国最著名的将军之一,他为秦国建立了赫赫战功,他就是长平之战时秦国换来的将军——白起。

　　秦军之所以要严守换将的消息是因为白起名声太大,怕得知白起为将,赵括率军逃跑。赵括与白起对阵,自然死无葬身之地。

　　白起,实实在在是由一名普通士兵成长为将军的。因为擅长用兵打仗,白起职位升迁很快,由第十级的左庶长(秦爵位名,为第十级)升任第十六级的大上造只用了三年时间,但白起有个缺点,嗜(shì,特别爱好)杀成性,四次杀敌近百万。下面我们来看他的升迁之路,杀敌数量以及功绩。

　　秦昭王十三年,白起为左庶长,带兵攻克韩国的新城。

　　秦昭王十四年,白起升为左更,率兵与韩、魏作战,攻占城池五座,杀敌二十四万,活捉魏将公孙喜。

　　秦昭王十五年,白起升为大上造,攻克大小城邑六十一个。

　　秦昭王十六年,白起和客卿司马错攻占垣城。

　　之后的多年,白起夺取了赵国的光狼城,攻占了楚国的鄢(yān)、邓等五座城池;两次攻楚,就占领了楚国的郢(yǐng)都,迫使楚国迁都,白起因此被封为武安君。

　　秦昭王三十四年,白起伐魏,攻克华阳,俘虏魏将三人,杀敌十三万；攻赵打败赵将贾偃(yǎn)，将两万多赵国降卒沉入黄河。

秦昭王四十三年，白起攻韩，夺取城池五座，杀敌五万。

秦昭王四十六年，白起攻赵，长平之战，杀敌四十五万。

长平大战，赵国举国震惊，打不过秦国只好寄希望于秦国撤回白起，就派苏代带着重礼到秦国贿赂宰相范雎(jū)。苏代知道白起和范雎向来有嫌隙(因彼此不满或猜疑而发生的恶感)，就挑拨说："武安君白起在长平大败赵军，进而包围了邯郸，一旦邯郸被攻破，秦军获胜，武安君的功劳最大，到时候恐怕您也得屈居他之下。现在赵国正割地求和，莫不如您顺水推舟劝秦王同意赵国的请求，这样战胜赵国，获取大片土地的功劳就是您的了。"范雎一听觉得很有道理，就向秦王进言同意赵国割地求和。秦军正在进攻邯郸的节骨眼儿上，白起接到撤军的命令，十分生气，听说这是范雎的主意，就越发和范雎有了矛盾。

秦军撤退，赵国得到喘息的机会，当秦王发现上当，再次围困邯郸时，一时间却又不能攻占。秦王就请求让白起去担任将领，白起请求秦王撤兵，并非常客观地分析了战场的态势。秦军本该一鼓作气攻占邯郸，但因为范雎的自私自利导致错失良机。如果邯郸城破，赵国必亡，所以赵军必定拼死抵抗。现在秦军也很疲惫，而且各诸侯国的救兵很快就要到了，所以秦军还是应解除对邯郸的包围，回国修整。秦王想一举攻克邯郸，又多次请白起为将，白起始终推辞自己有病，不肯为将。

秦军围困邯郸九个月，也没能攻下来。白起私下议论说秦王当初不听自己的话，现在骑虎难下(骑在老虎背上不能下来。比喻做一件事情进行下去有困难，但情况又不允许中途停止，陷于进退两难的境地)。秦王听到后十分生气，一怒之下免掉了白起武安君的封号，把他削职为民，发配到阴密。范雎趁机诋毁(毁谤，污蔑)白起，说白起对于秦王的处罚始终耿耿于怀，又说了一些对朝廷不满的话。白起出了秦都咸阳西门，走到杜邮的时候，又接到秦王送的一把剑。白起接过剑愤恨地说："我为秦国开疆扩土，屡立战功，竟然落到了这个地步？"过了一会儿，他又说，"我是该死的，这一辈子，我杀人无数，仅长平之战，我就坑杀赵卒四十余万，有这一条，我早就该死了。"说完拔剑自刎。

白起从士兵到将军，攻城略地，杀敌无数，在与韩、赵、魏、楚作战中建立了丰功伟绩，为秦国的统一奠定了基础。可怜一代将才，死在了自己人手里。范雎的谗言坚定了秦王杀白起之心，他为何一定要除掉白起？范雎又是一个什么样的人？请看下回——使齐国范雎受辱　入秦川张禄复仇。

知识链接

本文改写自《史记·白起王翦列传》。秦爵位共分为二十级，自下而上为：一，公士；二，上造；三，簪袅；四，不更；五，大夫；六，公大夫；七，官大夫；八，公乘；九，五大夫；十，左庶长；十一，右庶长；十二，左更；十三，中更；十四，右更；十五，少上造；十六，大上造；十七，驷马庶长；十八，大庶长；十九，关内侯；二十，彻侯。出自本篇的成语有：百战百胜。

第三十五回　使齐国范雎受辱　入秦川张禄复仇

　　范雎之前，秦国的相国是穰(ráng)侯魏冉，魏冉独具慧眼(形容人的眼光敏锐)，在万千士兵中看出白起是位将才，他唯才是举(只要是有才能的人就荐举)，推举白起为将，白起没有辜负魏冉的期望，为秦国接连打了胜仗。魏冉和白起成了亲密无间的黄金搭档。后来，应侯范雎为相，他就一定要除掉前任相国的搭档。

　　范雎从一介布衣到当上秦国的相国，也有一番屈辱的经历……

　　范雎曾侍奉魏国的中大夫须贾，一次，范雎随须贾出使齐国。范雎能言善辩，很有才华，齐襄王就派人送给他礼物，范雎自觉身份卑微，就没敢接受。可是这事被须贾知道了，他把这件事告诉了魏国的相国魏齐。魏齐认为范雎把魏国的秘密泄露给了齐国，因此齐国才会送给范雎礼物。范雎不仅蒙受不白之冤，还遭到毒打，肋骨被打断了，牙齿也被打掉了，他被用席子包起来，扔到了厕所里。一个身份卑微的人蒙冤受辱还不够，魏齐的宾客们还轮流往范雎身上撒尿，来侮辱他。范雎哀求看守放他出去，才逃了出来。范雎的朋友郑安平把他藏了起来，范雎改名换姓叫作张禄。

　　郑安平偷偷地将张禄引荐给秦国使者王稽(jī)，几番交谈，王稽看出张禄是位能人，就带着他离开了魏国。

　　范雎虽然只是一介平民，但他十分了解各国的情况，对各国掌权者的脾气秉性(性格。秉，bǐng)也都了如指掌。范雎随着王稽来到了秦国，远远地看见有大量插着旗帜的车马奔来，范雎听王稽说是秦相穰侯巡查边境，就藏在车里。穰侯问王稽有没有私自带人入境，王稽说没有。穰侯离开后，范雎要求下车先走一段路，王稽不知道什么原因，范雎说一会儿再告诉他。不一会儿，穰侯又派人来搜查车子，见车上无人才离开。搜查的人走后，范雎告诉王稽，穰侯主掌秦国朝政，最讨厌东方六国游说秦王的人，所以他问你私自带人没有。但穰侯遇事反应较慢，刚才他怀疑车里有人，但忘了搜查，所以不一会儿又派人来搜查。王稽一听，深深佩服范雎的才能。

王稽见识了范雎的机智，就向秦王推荐他，说魏国有个张禄先生，是天下一流的有才之士。范雎在入秦之前就已经对秦国的政治了如指掌，他发现秦国太后执政，穰侯专权，华阳君、高陵君、泾(jīng)阳君独断专行。他劝说秦王，如果不收回权力，臣子的权力太重就会危及国君。恐怕秦王就会重蹈齐庄公(齐庄公信用大臣崔杼，结果崔杼权力膨胀，射伤了齐庄公的大腿)、齐湣王(齐湣王被国相淖齿所杀)、赵武灵王(赵武灵王被李兑围困困沙丘，活活饿死)的覆辙。秦王听后非常害怕，就废了太后，收回穰侯的相印，将他和高陵君、华阳君、泾阳君驱逐到关外。

范雎凭借自己的才能做了秦国的相国，秦人叫他张禄，但是魏国人以为范雎死了很久了，不知道张禄就是范雎。魏国听说秦国要东伐韩、魏，就派须贾出使秦国。范雎听说后，心想复仇的机会来了。

范雎换上破衣服从小路到馆舍拜见须贾。须贾见到范雎后，大吃一惊，说："范叔原来没有死啊。"范雎说："托老天的福，我捡了条狗命。"须贾又问："现在范叔做什么事？"范雎说："我给人做门客。"须贾见范雎如此贫寒，十分可怜他，就留他坐下来一起吃饭，还取了一件绨袍(粗丝制品做的袍子。绨，ti)送给范雎。须贾问："范叔有没有能和秦相张君接触上的朋友,这次前来就是想找张君办事。"范雎说:"巧了,我的主人认识张君。我也能见到他,就让我将您引见给张君吧。"须贾说:"我的马车坏了,没有大车驷马(指驾一车用四匹马),就去拜见张君有损国家形象。"范雎说:"我能为您向主人借大车驷马。"范雎回去取来大车驷马,亲自为须贾赶着车,进入了秦国相府。相府中的人老远看见范雎,都赶紧让路,须贾感到很奇怪。到了相府内宅门口,范雎对须贾说:"等我一下,我先去为您通报一声。"须贾在门口等了很长时间,就问门房说:"范叔怎么还不出来?"门房说:"这里没有范叔。"须贾说:"就是刚才和我一起乘车来的人。"门房说:"那是我们的相国张君。"须贾直到现在才知道,一直陪在自己身边的范叔就是手握秦国权柄的张君,他赶快请门房代他去通报谢罪。

范雎摆出豪华的仪仗,接见须贾。范雎与众多的诸侯使者坐在堂上,桌子上摆满了山珍海味,然后让须贾坐在堂下,给他粗陋的餐具,让两个罪犯给他提供食物,来羞辱他。

范雎列出了须贾对不起自己的三条罪状:一、不明事情真相,随意诬陷我,致使我遭受毒打。二、当我遭毒打后被丢到厕所里,你不制止。三、喝醉的人轮番往我身上小便,我遭到众人侮辱,你不营救。但范雎宽恕了须贾,因为刚才见面,须贾可怜他赠给他绨袍,还算是有旧相识的情意。须贾知道自己得罪的是秦国炙手可热(手摸上去感到热得烫人。比喻权势大,气焰盛,使人不敢接近)的人物,范雎处死一个人比踩死一只臭虫还容易。须贾见势承认了自己的错误,说自己罪该万死,就是一根头发算一项罪状还不够。

范雎最终放了须贾一马,让他回魏国告诉魏王马上把魏齐的人头送到秦国来,否则,就要屠灭魏都大梁。须贾回去后,把这件事告诉了魏齐,魏齐非常害怕,逃到了赵国,藏在平原君家里。

五年后,秦昭王用范雎的计谋,行反间计欺骗赵国,使赵国派赵括代替了廉颇。秦军在长平大破赵军,进而包围了邯郸,赵国危在旦夕。邯郸被围困一年多,最终化险为夷(化危险为平安,比喻转危为安。险,险阻;夷,平坦),是谁解除了赵国的危机呢?请看下回——敬侯嬴(yíng)公子得计 派如姬夜盗兵符。

知识链接

本文改写自《史记·范雎蔡泽列传》。范雎明确地提出了"远交近攻"的战略思想,这是范雎对秦国的杰出贡献。这个原则不仅为秦逐个兼并六国,最后统一中国奠定了战略基础,而且对后世也有着深远的影响,为中国政治、外交思想史增添了光辉的一页。范雎还为这一战略原则拟定了具体的实施步骤。第一,就近重创韩、魏,以解除心腹之患,壮大秦国势力;第二,北谋赵,南谋楚,扶弱国,抑强敌,争夺中间地带,遏制各国的发展;第三,韩、魏、赵、楚依附于秦之后,携五国之重,进而威逼最远且是当时最强的对手齐国,使其回避与秦国的竞争;第四,在压倒各国的优势下,最后逐一消灭韩、魏诸国,最后灭齐,统一天下。出自本篇的成语有:累卵之危、青云直上、平步青云。

第三十六回　敬侯嬴公子得计　派如姬夜盗兵符

邯郸被围困，赵国危在旦夕，赵国、魏国、秦国形成了复杂的三角关系。秦国进攻赵国，赵国向魏国求救，魏国受秦国威胁；秦国加紧进攻赵国，赵国再向魏国求救，魏国再次受到秦国威胁。如此反复几次，谁能解开这个循环往复的三角关系呢？

打仗亲兄弟，上阵父子兵，关键时刻还得找亲戚帮忙。赵王派平原君赵胜向魏国求救，赵胜直接找魏国的信陵君，为什么呢？因为他们是姐夫和小舅子的关系，平原君的夫人是信陵君的姐姐，所以赵胜以姐夫的身份命令信陵君魏无忌必须出兵相救，不能眼睁睁地看着自己的姐姐成为秦国的奴隶。

赵国向魏国求救的使者一批接着一批，道路上飞驰的快马一匹接着一匹。魏国无奈只好派晋鄙(bǐ)率军救赵，但受到秦国的威胁最终停在了魏赵边界上。

信陵君知道赵国的情况，听到秦军进攻得更加紧迫了，急得像热锅上的蚂蚁(形容心里烦躁、焦急、坐立不安的样子)，但他没有兵权，只能干着急。信陵君多次向魏王请求，但魏王害怕秦国，最终也没有答应。信陵君不能眼睁睁看着赵国灭亡，就召集自己的门客，准备率领他们去跟秦军拼命。

当信陵君走到魏都大梁的东门时，他特意拜访了一位自己特别敬重的长者侯嬴，把自己想要和秦军拼命的想法向侯嬴说了一遍。

本以为侯嬴会给自己点什么意见，可是侯嬴一句话都没说，就送公子走了。信陵君走了几里地后，心里非常不痛快，心想："我对侯嬴应该非常好了，他只是个守门人，地位卑微，我在众多达官贵人面前**为他祝寿**，表达对他的尊敬。今天我要去和秦军拼命了，所有门客**都怒发冲冠随我而来**，只有他侯嬴不追随我，竟然连一言半语的好**话都没有对我说**，难道我有什么事情做得不对吗？"带着狐疑，信陵君又回来了。侯嬴看到回来的信陵君，就对他说："公子带领那几百人去和秦军拼命，能有胜算吗？那只不过是以卵击石（比喻不估计自己的力量，自取灭亡），肉包子打狗（歇后语，形容有去无回）罢了。公子刚才走了，我故意一句话不说，就知道公子会心存疑问回来的。公子既然回来了，老朽还真有几句话要和公子说。"

侯嬴支开了众人，悄悄地对信陵君说："公子认为如何救赵国？"信陵君说："正因无计可施，才率门客与秦军拼命。"侯嬴说："公子想过调动军队吗？"信陵君说："我曾多次劝说魏王，怎奈魏王害怕秦国，派出的军队也停留在魏赵边界观望啊。"侯嬴说："如何调动军队，其实公子有办法。"信陵君说："我能有什么办法？没有兵符谁也调不动军队，可兵符在魏王手中，我又能怎样呢？总不能去抢吧。"侯嬴说："公子忘了一个人吗？"信陵君说："谁？"侯嬴说："如姬。"说到如姬，公子恍然大悟（形容一下子明白过来。恍然，猛然清醒的样子；悟，心里明白）。当初如姬的父亲被人杀害，她到处找人报仇，三年也没有找到。后来信陵君帮她报了仇，如姬想要报答信陵君，一直没有机会。侯嬴说："现在如姬最得魏王的宠幸，能自由出入魏王的卧室，一定能将兵符偷出来。"信陵君听取了侯嬴的建议，果然获得了如姬盗取的兵符。

信陵君拿到兵符后,再次出发,侯嬴说:"将在外君命有所不受(中国古代重要的军事思想,意思是在瞬息万变的战场上,应该由将军自行决定如何作战,而不必听命于君主),公子到了晋鄙那里,即使兵符合上了,他也不一定把兵权交给您,那样的话,事情就危险了。我的朋友朱亥(hài)可以跟公子一起去,他是个大力士。如果晋鄙听话,那最好不过;如果晋鄙不服从命令,就让朱亥当场杀掉他。"信陵君听后,流下了眼泪。侯嬴说:"公子是怕死吗? 为什么哭呢? "信陵君说:"晋鄙是一员叱咤风云的老将,到时候他不答应,我们就得杀掉他,魏国又失去了一位将军,所以我落泪了,哪里是因为怕死呢? "侯嬴说:"做大事不拘小节,为了救整个赵国,牺牲晋鄙一人也是值得的。我本应跟着公子一道去的,但是年纪太大,行动不方便。我会计算着公子的行程,公子到达晋鄙军队的那一天,我就向着公子的方向自刎,来报答公子的知遇之恩。"

信陵君到达了晋鄙的军营,假传魏王的命令,要接管晋鄙的军队。晋鄙与信陵君合上了兵符,心中仍有疑惑,"十万大军驻扎边界,怎么公子就带这么几个人过来,也没有魏王的使者和书信。"晋鄙拒绝接受信陵君的命令,这时朱亥用藏在袖子里四十斤重的大铁锤(chuí),冷不防,一下就要了晋鄙的性命。

信陵君夺得兵权后,率领魏军进攻秦军,解除了赵国的危难。侯嬴在信陵君到达晋鄙军队的时候,信守诺言自杀了。信陵君知道盗窃兵符、假传命令、杀死晋鄙都是欺君之罪,在击退秦军,保全赵国后,就立刻让别的将领带着军队回了魏国,自己留在了赵国。

信陵君的门客侯嬴出奇计挽救了赵国,魏无忌的姐夫平原君赵胜是否也会有这样出奇制胜的门客解除赵国的危难呢? 请看下回——处囊中毛遂自荐 迫楚王订立盟约。

知识链接

本文改写自《史记·魏公子列传》，信陵君富有政治远见，又具有军事才能。虽然他与赵国平原君、齐国孟尝君、楚国春申君并称战国四公子，但他的声誉远在其他三公子之上。司马迁就赞道："天下的诸位公子都喜欢供养门客，但是信陵君能真正得到隐居的有才能的人，因为他不以结交地位卑微的人为耻。信陵君的声誉位居四公子之首，名不虚传。"出自本篇的成语有：虚左以待、一言半语、修身洁行。

第三十七回 处囊中毛遂自荐 迫楚王订立盟约

是金子总会发光的，这句话不完全正确。正确的话应该是：是金子要把自己擦亮才会发光。有个人认定自己是块金子，他敢于擦拭自己，敢于锤炼自己，最终他使自己发出了耀眼的光芒。他就是毛遂，一个自命不凡（自以为不平凡，比别人高明。自命，自认为；凡，平凡）的人。

当赵国的首都被秦军包围的时候，平原君一面向魏国求救，一面打算亲自去楚国求救，想要与楚国建立抗秦联盟。战国养士之风盛行，贵族公子养门客少则几百，多则上千。平原君养门客三千，觉得找二十个精明强干的随从不成问题，可是，结果只找到了十九个。

缺一人就不能去楚国吗？倒也不是，但集齐二十个人就可即日起程。

这时，毛遂自己走出来要求跟随队伍出使楚国。平原君根本就不认识毛遂，不知道从哪儿冒出来个人，倒是毛遂主动介绍自己，说自己是平原君的门客，在平原君门下三年了。平原君觉得这个人有点不切实际，但凡一个人有点儿本领，就会被人知道，但这人在自己门下待了三年，自己都没听过他的名字，足见这个人没什么本事。平原君就对毛遂说："如果把锥子放到口袋里，锥子尖会立刻露出来。"毛遂知道平原君在说自己没有才能，就说："如果一个人有才华，就会在众多人中脱颖而出（比喻才能完全显露出来。颖，细长物体的尖端），我这把'锥子'没有露头，就是因为您根本没有把我放进过口袋里啊。如果早把我放进口袋，我早露出头了。"那十九个人都互相看着笑，觉得毛遂这人狂妄自大（形容人十分骄傲自满。狂妄，极端的自高自大），都瞧不起毛遂。平原君实在也没有找出缺少的那个人，就带着毛遂出发了。

一路上，毛遂与十九个人不断地谈论，那些人已经对毛遂心服口服了。到了楚国，平原君派那十九个人反复与楚王陈说利害关系，从早上一直说到正午，楚王就是不答应结盟。毛遂认为合纵联盟的必要性几句话就能说清楚，怎么从早上到中午还定不了，那些人都是干什么吃的，个个尸位素餐（空占着职位而不做事，白吃饭。尸位，空占职位，不尽职守；素餐，白吃饭）。毛遂请求自己去劝说楚王，他只用了四步就完成了任务。

第一步，愣头青私闯大殿。毛遂手按宝剑，噔、噔、噔走上了大殿，挺直腰板站在那里。突然闯上来一个人，楚王很奇怪，就问这人是谁，毛遂主动回答是平原君的门客。楚王一听，十分气恼，一个小小的门客竟然敢私自闯殿,真是胆大妄为,命令侍卫将毛遂带下去。毛遂不甘示弱,指责楚王仗势欺人。面对楚王的斥责,毛遂使用了第二步。

第二步,用生命做赌注。毛遂手按剑柄向前走到距离楚王十步远的地方,要求楚王命令侍卫撤下,不然随时可以取楚王的项上人头。楚王受到威胁,只好命令侍卫退下,之后毛遂进行了第三步。

第三步,揭楚国伤疤。毛遂按剑威胁楚王,接下来要跟楚王讲道理了。毛遂对楚王说,楚国土地方圆五千里,有百万的军队,应该天下无敌。可是白起带着几万人和楚国作战,居然轻而易举地攻克了鄢陵、郢都,再攻楚国烧毁了夷陵,三攻楚国侮辱了楚国的先王。这样的血海深仇,赵国都为楚国感到羞耻。可是楚国害怕秦国的威慑,不敢联盟抗秦。联盟抗秦主要是为了帮助楚国洗刷耻辱,可惜楚王不识时务(指不认识当前重要的事态和时代的潮流。现也指待人接物不知趣。时务,当前的形势和潮流)。楚王害怕毛遂和自己拼命,觉得毛遂说的也有道理,就同意楚国和赵国结盟。楚王答应结盟,毛遂进行第四步。

第四步,歃血为盟(泛指发誓订盟。歃血:古代会盟,把牲畜的血涂在嘴唇上,表示诚意。歃,shà,用嘴吸取。盟,宣誓缔约)。毛遂认为口说无凭,要求楚王歃血为盟。毛遂招呼楚王身边的人,拿来了鸡、狗、马的血,然后双手捧着盛有鸡、狗、马血的铜盘子依次歃血,第一个歃血的是楚王,然后是平原君赵胜,然后是毛遂。订盟仪式进行完后,毛遂端着铜盘子招呼那十九个人也来歃血,还讥讽他们因人成事(依靠别人的力量办成事情。因,依靠)。

四个步骤,环环相扣,干脆利落。毛遂用自己的努力擦亮了自己这块金子。

信陵君门客帮他出谋划策,平原君的门客帮他订立盟约,孟尝君的门客又能帮他做什么呢? 请看下回——焚债券冯谖(xuān)市义　回薛县田文受拥。

知识链接

本文改写自《史记·平原君虞卿列传》。平原君作为战国四大公子之一名垂青史,但是仔细看他的生平则发现他的才能很平庸,只是因为赵之诸公子中最贤者而已,说白了就是其他公子都是玩鹰斗鸡的纨绔子弟,而只有他平原君是干点儿实事的,能为赵王帮点忙而已。毛遂作为一个有才华的门客,要自己举荐才能被发现,足以说明平原君是个不能识人的庸人。出自本篇的成语有:毛遂自荐、利令智昏、脱颖而出、歃血为盟、因人成事、一言九鼎、翩翩少年、三寸不烂之舌。

第三十八回　焚债券冯谖市义　回薛县田文受拥

金钱都能用来买什么? 买金银首饰,买华堂厦屋,买香车宝马。金钱不仅能买物质的东西,还能买精神的东西。例如,忠义,谁又为孟尝君买来了忠义呢? 还得从他的门客冯谖说起……

冯谖是个特殊的人,他的思维特殊,做事特殊,成就的功业也特殊。下面我们看看冯谖的特殊之处。

特殊的升职之路，唱歌。冯谖非常穷，只有一把剑，作为孟尝君的门客也是最低等的，为了能改善自己的生活条件，他每天弹着剑唱歌，唱："长剑啊，这里没有鱼吃啊，我们还是走吧。"孟尝君听后，觉得自己可能对门客有照顾不周的地方，就把冯谖升到了稍好些的客馆里，让他每顿饭都有鱼吃。过了一段时间，冯谖又弹着剑唱歌，唱："长剑啊，这里出门连个车也没有，我们还是走吧。"孟尝君听后，让总管把他安置到更好的客馆里，让他进出都有车子坐。过了一段时间，冯谖又弹剑唱歌，唱："长剑啊，住在这里连个养家的钱都没有，我们还是走吧。"孟尝君听后很不高兴，但也满足了冯谖的要求，其他门客都觉得冯谖太过分了。之后，冯谖再也没有弹剑唱歌。这是一段令人匪夷所思（不是平常所能想象的。夷，yí，平常）的升职之路，是孟尝君宽容大度，还是冯谖太过分了呢，看看冯谖还有什么特殊之处吧。

特殊的工作任务，收债。孟尝君养了三千门客，这么多人，光是吃饭就是一笔很大的开销。孟尝君那点儿工资根本不够，所以他在封地薛县放了许多债。可是问题来了，孟尝君不仅收不到利息，连本钱也难以收回了。日费斗金，孟尝君很着急，就想找个人帮他到薛县收债。有嫉妒冯谖的门客向孟尝君进言，上等客馆的冯谖先生很有才能，让他收债一定能行。这是一个很难完成的任务，收上来钱会得罪百姓，收不上来钱会得罪孟尝君。但是冯谖把这个差事应承下来了，因为他心里自有打算。

特殊的工作方法，请客。冯谖到了薛县，买来许多头牛和美酒陈酿，杀牛摆酒，请大家开怀畅饮。酒酣耳热之际，冯谖拿出了借据。众人大惊失色，天下没有免费的午餐啊，请客喝酒，还是收债啊。宴会上，冯谖宣布：能够交利息的，和他约定一个交钱的日期；贫穷得无法交利息的，就烧掉借券，不用还债了。他告诉薛地的百姓，孟尝君放这些钱的原因，是为了给无法生活的人提供一点谋生的本钱。他之所以要大家的一点儿利息，是因为缺少奉养宾客的钱。如果实在还不起，那些钱孟尝君就不要了，只要大家记得孟尝君的恩德就行。众人听了，欢呼雀跃，一再地叩头致谢。

特殊的工作效率，秒杀。冯谖烧了借据，立刻回去向孟尝君报告债已收完，任务圆满完成。孟尝君听说烧借据的事就已经十分生气了，听说冯谖述米报告，气得火冒二丈。孟尝君责备冯谖，利息没收到，这回可好，连本都没了。冯谖倒是很冷静，他告诉孟尝君，他买到了比金钱还重要的东西。

特殊的工作业绩，市义。冯谖对孟尝君说，不准备牛酒就没办法知道他们谁富谁穷，掌握了真实情况，那些富裕的人，和他们定了一个交利息的日期；那些穷苦的人，即使拿着债券讨要十年也还是一无所获。可是利息越滚越多，把他们逼急了，闹起事来，损失就更大了。如果只看重钱财，就会使您落得个贪图私利而不爱护百姓的名声。现在烧掉那些有名无实的债券，换来的却是薛县百姓的忠心，爱民的美名。冯谖没有收到金钱，但他为孟尝君收到了满满的忠义。

后来，孟尝君被齐国国君废除了相位，只好回到封地薛地，薛地百姓听说孟尝君来此的消息，扶老携(xié)幼走出数十里路去夹道欢迎孟尝君。此时他才恍然大悟，冯谖为他买的忠义价值所在。

侯嬴帮助信陵君完成救赵义举，毛遂帮助平原君订立盟约，冯谖帮助孟尝君市义复位，他们都靠门客成就了战国公子之名，战国时还有一位公子，凭自己的才智挽救濒(bīn)于灭亡的楚国并帮助为质于秦的楚太子归国即位,他是谁? 请看下回——行忠义太子归国　走邪路黄歇毙命。

 **知识链接**

本文改写自《史记·孟尝君列传》。在处理个人利益和国家利益关系方面,孟尝君无疑是个反面典型。其一生的行为除在合纵抗秦上稍值得称道外,其他方面均对齐国的强盛没有益处。而且其卖国行为,历历可数,罄竹难书。可以说,孟尝君的"过"远大于"功"。司马迁对孟尝君有"好客,自喜"的评价,荀子说孟尝君对上不忠君,对下取悦百姓,不坚守公道正义,结党营私,串通勾结,把献媚君主牟取私利作为自己的工作,是一个典型的篡(cuàn)逆臣子。出自本篇的成语有:鸡鸣狗盗、狡兔三窟。

第三十九回　行忠义太子归国　走邪路黄歇毙命

齐国的孟尝君田文,魏国的信陵君魏无忌,赵国的平原君赵胜,楚国的春申君黄歇,并称为战国四公子,他们各有功过,下面说说春申君黄歇。

在黄歇担任楚相前,楚国已经衰败,巫郡、黔中甚至国都被白起攻克,楚国不得不迁都到陈县,黄歇当初亲眼见到楚怀王被骗到秦国并客死他乡,担心秦国会一举把楚国消灭掉,就上书秦昭王,陈说利害关系,又缔结了秦楚盟约,最终使楚国转危为安。

秦国仗着实力雄厚,楚顷襄王软弱,要求楚国派太子到秦国做人质。楚国惧怕秦国,无奈只好派黄歇陪同太子熊完到秦国一道做人质。几年后,楚顷襄王病重,但太子熊完还在秦国为质,无法归国。楚王病入膏肓(意指病已危重到了无法救治的地步,也比喻事情到了无可挽回的地步。膏肓,gāohuāng,古以膏为心尖脂肪,肓为心脏与隔膜之间,膏肓之间是药力不到之处),如果秦国不放楚太子归国,一旦楚国另立别的人为国君,身在咸阳的楚太子将一文不值,那样黄歇的地位也就不保了。于是黄歇找到秦相范雎,让他帮忙说情,让楚太子归国即位。

范雎把黄歇的话转告了秦昭王,但秦昭王认为楚太子归国,自己手中就没有了维护同盟的筹码,就让黄歇回国探视楚王的病情,等回来后再作商议。如果回国探视,再返回秦国,楚国一定会另立新君了,所以黄歇和楚太子商议,让太子混迹在楚国使者中,逃出秦国,自己应付后面的事。于是太子熊完换上车夫的衣服,混出了秦国。黄歇留在客馆里,推说太子有病不能见人,估计太子已经走远,才去告诉秦昭王楚太子已经私自归国。秦昭王大怒,想要杀黄歇,还好,有范雎在旁替黄歇美言,才让他脱离险境。

黄歇归楚后三个月,楚顷襄王病逝,太子熊完继承了王位,就是楚考烈王。考烈王元年,为报答黄歇的恩情,他任命黄歇为令尹,封为春申君,赐给了他淮河以北的十二个县作为封地。

春申君帮助太子熊完归国即位,体现了一位本分大臣的忠贞信义,春申君做楚国令尹几十年,一直忠贞不渝,但晚年的一个错误让他一世英名扫地,身死人手。

楚考烈王没有子嗣,春申君就找了不少适合生育的女子送入宫中,但还是不行。春申君有一个宠姬,她是赵国人李园的妹妹,她怀孕后和春申君商议要进宫侍奉考烈王,这样如果生了儿子,以后就是春申君的儿子做楚王了,春申君就有了享不尽的荣华富贵。春申君被猪油蒙住了心,竟然同意了。后来李园的妹妹生了个男孩,考烈王封他为太子,李园的妹妹也被封为皇后,李园也做了高官。

后来,考烈王病重,春申君的门客朱英告诉他有危险,说李园掌握权柄,私养亡命徒,只等楚王一死,他就入宫夺权,并且先杀春申君灭口。春申君没有听朱英的警告,不久,考烈王驾崩,李园果然埋伏亡命徒在国都棘(jí)门将春申君杀害。

春申君聪明一世,糊涂一时,终致身首异处。

战国四公子,他们礼贤下士,招纳宾客,在诸侯国中很有声势,这引起了一个人的嫉妒,他认为凭借秦国的实力,在招贤纳士方面也不能比别国差。于是他也招纳士人,优礼相待,他门下的食客也超过了三千人。他组织宾客编著了一部包罗万象(形容内容丰富,应有尽有。罗,网;包罗,包括;万象,宇宙间的一切景象,指各种事物)的书——《吕氏春秋》。

《吕氏春秋》的编者叫吕不韦,编一部书,只是他传奇生涯中的一页,作为富可敌国的大商人,吕不韦更著名的故事是拥立君主,掌控国家权柄,请看下回——相子楚奇货可居　献赵姬暗度陈仓。

知识链接

本文改写自《史记·春申君列传》。"战国四君子"之一的春申君,姓黄名歇,是楚国属国黄国贵族的后裔,以礼贤下士、门客众多而著称。黄歇学识渊博,善于辞令,而且他遇事临危不惧、处变不惊的大臣风范,为太子熊完的继位以及他日后的赫然崛起打下了坚实的政治基础。出自本篇的成语有:当断不断,反受其乱。

第四十回　相子楚奇货可居　献赵姬暗度陈仓

吕不韦曾经问他的父亲:"种地的利润是多少?"他的父亲回答:"十倍。"吕不韦又问:"从商的利润是多少?"他的父亲说:"百倍。"吕不韦又问:"拥立君主,掌控权柄,利润又是多少呢?"他的父亲说:"无法计算。"吕不韦打算做什么?他真的能拥立君主,掌控国家权柄吗?

吕不韦在赵国做生意时看见了一位落魄公子,经过多方打听了解到他是秦国公子子楚,因为不受秦国太子安国君的待见,被送到赵国去做人质。安国君有二十多个儿子,子楚排行居中,母亲夏姬也不受父亲安国君宠爱,子楚根本没有机会坐上国君的宝座,就连回国都困难重重,但吕不韦却从中看到了商机。为了实现自己拥立君主、掌控权柄的宏图伟愿,吕不韦进行了一场以性命做赌注的赌博。

第一局,互补双赢。子楚身为秦国公子,身份高贵,但身无分文,所以没法归国即位;吕不韦身为商人,资金雄厚,但身份卑微,要想进入政界必须依托王子皇孙。要想掌控秦国权柄,双方正好互补,但要想成为秦国国君又谈何容易。子楚有二十多个兄弟,论年长,他排行居中；论嫡庶(díshù)，他是庶子；论远近，他身处异国；论经济，他身无分文；论地位，他为质赵国。其他公子单个的劣势，子楚全部占有，要想争太子的位置简直就是天方夜谭。看似败局已定，但吕不韦看出了起死回生的希望。秦国太子安国君宠爱华阳夫人，但华阳夫人没有儿子，所以吕不韦打算带着千金替子楚到华阳夫人那里求情，想法让子楚被立为接班人。

第二局，寻找靠山。吕不韦拿出五百金给子楚，让他作为结交宾客之用；又用五百金买了一批奇珍异宝，带着到了秦国。他找到华阳夫人的姐姐，托她把珍宝送给华阳夫人。华阳夫人接见了吕不韦，吕不韦趁机说在赵国做人质的子楚如何贤能聪明，广交各国宾客，还一直想念华阳夫人和安国君，华阳夫人听了非常高兴。吕不韦又趁机请华阳夫人的姐姐劝她说："依靠美貌侍候人，等到容颜衰老就会失宠。现在太子安国君特别喜欢你，可是你没有儿子，所以应及早在秦国公子中挑一个贤能、孝顺的，过继为自己的儿子。这样，如果安国君去世，你的儿子就会即位，你的地位会更加尊贵。你不趁着风华正茂(正是青春焕发、风采动人和才华横溢的时候。风华、风采、才华；茂，旺盛)的时候为自己立下根基，等到年老失宠时，你的权力地位都会失去，现在子楚为人贤能，还愿意来归附你，如果能认他为子，你这一辈子就会在秦国永远不败了。"华阳夫人觉得有理，就劝说安国君立子楚为接班人。安国君答应了，并给华阳夫人刻了玉符，约定将子楚立为接班人。

第三局，成功逆袭。秦昭王五十六年，昭王去世，安国君即位，华阳夫人当了王后，子楚成了太子。好运来了挡都挡不住，安国君即位三个月就去世了，子楚即位。三局定胜负，吕不韦以迅雷不及掩耳之势掌控了秦国权柄,子楚也做了秦国国君。看似双赢,其实最大的赢家是吕不韦。

局中局,暗度陈仓。早在赵国的时候,吕不韦养了一个美貌的歌伎,不久歌伎怀孕了。一天,子楚到吕不韦家来喝酒,看到歌伎很漂亮,就向吕不韦请求把这个女子给他。吕不韦很生气,但最后还是把歌伎给了子楚,其实这都是吕不韦精心安排的。这个女子也隐瞒了怀孕的事实,嫁给了子楚。十二个月后,她生了个儿子,取名为政。子楚即位三年就去世了,那个赵国歌伎生的政即位,尊奉吕不韦为相国,号称"仲父"。吕不韦倾其所有进行了一场豪赌,所幸他赢了。吕不韦赢了子楚,赢了秦国,却输给了自己的儿子。

那个名叫政的男孩儿就是后来统一六国的秦始皇。秦王嬴政掌权后,对吕不韦干涉朝政的行为极为不满,后来吕不韦被流放到蜀地,最后抑郁地死在那里。

秦始皇,一位开天辟地,创造辉煌的君主,在他传奇的一生中,会遇到什么样惊心动魄的事呢?请看下回——献首级将军自刎 送壮士太子饯行。

知识链接

本文改写自《史记·吕不韦列传》。在先秦诸子著作中《吕氏春秋》被列为杂家。其实这个"杂"不是杂乱无章而是兼收并蓄、博采众家之长,用自己的主导思想将其贯穿。这部书以黄老思想为中心"兼儒墨合名法",提倡在君主集权下实行无为而治,顺其自然,无为而无不为。用这一思想治理国家,对于缓和社会矛盾,使百姓获得休养生息，恢复经济发展非常有利。吕不韦编著《吕氏春秋》，既是他的治国纲领又给即将亲政的秦始皇提供了执政的借鉴。出自本篇的成语有：一字千金、奇货可居。

第四十一回　献首级将军自刎　送壮士太子饯行

　　他们是儿时的玩伴，他们是流落异国的王子，他们有着相似的经历，他们本应惺惺相惜(性格、志趣、境遇相同的人互相爱护、同情、支持)，可他们因为不同的追求反目成仇(翻脸成为仇敌。反目，翻脸)。他们就是——嬴政和太子丹。

　　小的时候嬴政和燕太子丹一起在赵国做人质，后来嬴政归国即位，太子丹却到秦国做人质。原来的朋友关系变成了君臣关系，太子丹心中十分不平。后来太子丹和嬴政彻底反目，他忍受不了嬴政的盛气凌人，就从秦国逃回燕国。每当想起嬴政那蔑(miè)视的目光，那嘲讽的言语，太子丹都怒火中烧。如果发动战争，秦强燕弱，燕国几乎毫无胜算。所以太子丹另辟蹊径(另外开辟一条路。比喻另创一种风格或方法)，想要用更直接的方法解决问题——刺杀嬴政。当然不能是他自己去，在隐士田光的推荐下，太子丹结识了荆轲，并和荆轲约定刺杀嬴政。

　　刺杀嬴政比登天都难，如果没有极重要的信物取得嬴政的信任，是不能接近他的，荆轲向太子丹提出了两件信物。燕国督亢的地图和秦国叛将樊於期(fánwūjī)的人头。太子丹爽快地答应给荆轲地图,但不同意取樊将军的性命。因为樊将军走投无路才来投奔燕国,怎能因自己的事而害了别人的性命呢。

荆轲知道太子于心不忍,于是私自拜见樊於期,并对樊於期说自己想帮助他报仇雪恨。樊於期叛逃秦国,所以他的家族都被秦王屠灭了,秦王还重金悬赏捉拿他。一听到能报仇,樊於期精神为之一振,连忙问怎么办。荆轲就把准备刺秦但缺少信物的事和樊於期说了。樊於期听后非常激动,告诉荆轲,如果能替自己报仇,就算要自己的脑袋都行。荆轲说真就要将军的脑袋,有了督亢的地图和将军的脑袋,就能接近秦王,到时候自己左手抓住秦王的袖子,右手持刀直刺他的胸膛,这样就可以为将军报仇了。樊於期说自己日夜咬牙切齿痛心疾首(形容痛恨到了极点。疾首,头痛)想要做的事情,没想到有人能帮着实现了。于是樊於期就刎颈自杀了。太子丹听到消息后,伏在樊於期的身上痛哭,但无论如何,人已经死了,就把樊於期的头装在匣子里用封条封上。

信物准备齐全了,还缺少得力的助手和工具。荆轲有一个朋友能帮助他,但那个人住的地方很远,一时间赶不过来,太子丹就帮荆轲找了一个叫秦舞阳的勇士,他在燕国很出名,因为他十三岁时就杀过人,周围的人都不敢正眼看他。太子丹又从赵国徐夫人那里买了一把锋利无比的匕首,然后让工匠把匕首淬(cuì)上毒药。为了试试匕首的威力,还用匕首试着刺人,果真只要擦破一点皮,人立刻就死。

一切准备妥当,荆轲还没有动身,他还在等那个朋友,因为他认为秦舞阳徒有其表(空有其外表,虚而不实),不适合做自己的助手。但是太子丹等得有些不耐烦了,他怕荆轲变卦,就说要不然让秦舞阳一个人先去吧。荆轲一听，知道太子丹嫌自己迟缓了，就生气地对太子丹说，只拿着一把匕首去秦国行刺，这是极其危险的事情，此去凶多吉少，要有充分的准备，自己之所以没走，就是等朋友。荆轲见太子如此着急，也顾不上危险就动身出发了。

等到临别饯行的那天，太子丹和他的宾客们都穿着白衣服，戴着白帽子，来给荆轲送行。在易水河边，荆轲的朋友高渐离击筑(古代一种击弦乐器，颈细肩圆，中空，十三弦)，荆轲依照筑声唱出变徵(zhǐ)的声音，"风萧萧兮易水寒，壮士一去兮不复还。"歌声显得苍凉、悲怆(chuàng)，送行的人听了没有不掉眼泪的。接着荆轲把曲调变成了慷慨激昂的音调，在场的人一个个都激动得瞪大了眼睛，竖起了头发。荆轲唱罢，上车扬鞭西去，再也没有回头。

得到了樊於期的头和燕国督亢的地图，有了锋利的匕首和勇士秦舞阳，荆轲能成功刺杀秦王吗？请看下回——受地图秦王遇险　被八创荆轲殒命。

知识链接

本文改写自《史记·刺客列传》。荆轲身上体现的是以弱小的个体反抗强暴的勇气和甘为高尚的政治价值观和理想主义献身的牺牲精神。荆轲等战国游侠不是凡夫俗子，他们是具有政治价值观和抱负的理想主义者，他们超越物欲，将个人价值的实现放在国家民族、自由正义的信念上。出自本篇的成语有：切齿拊(fǔ)心、慷慨悲歌。

第四十二回　受地图秦王遇险　被八创荆轲殒命

"风萧萧兮易水寒,壮士一去兮不复还。"荆轲知道这是一趟没有返程的旅途,踏上了刺秦的道路,就再也不能回头了。永别了,可爱的燕国;永别了,滚滚的易水。前路凶险无比,我将用生命去换取燕国暂时的喘息。

荆轲在路上早已想好了一个天衣无缝(比喻事物完美自然,没有破绽)的刺秦计划。

刺秦第一步,获得召见。要想刺杀秦王,首先得能够见到秦王,荆轲来到秦国后,用重金买通了秦王的宠臣中庶子(国君的侍从之臣)蒙嘉。蒙嘉在秦王面前说太子丹愿意投降,但不敢自己来,所以先派人带着樊於期的人头和燕国督亢的地图来。秦王一听,非常高兴,就答应过几天在咸阳宫接见燕国使者。

刺秦第二步,捧匣献图。荆轲和秦舞阳经过了层层安检,侍卫没有在他们身上找到一丁点儿金属的东西,他们顺利通过多道宫门。但是不怕神一样的对手,只怕猪一样的队友。当荆轲捧着装有樊於期人头的盒子走在前面时,秦舞阳捧着地图匣跟在后面。可是刚到咸阳宫大殿的台阶下,秦舞阳就吓得面如土色(脸色呈灰白色。形容惊恐至极)。秦国的大臣看到这种情况,都感到很奇怪。这时还得荆轲替他打圆场(从善意的角度出发,以特定的话语去缓和紧张气氛、调解人际关系的一种语言行为),说秦舞阳是个没见过世面的人,见到天子的威仪,所以害怕到那个样子。

刺秦第三步，图穷匕见。进入气势恢宏的大殿，荆轲从秦舞阳手里拿过地图送到了秦王面前。秦王接过地图，慢慢地把地图展开，等到地图展到最后，藏在里面的匕首就露了出来。这时，荆轲左手一把抓住秦王的袖子，右手抓住匕首向秦王刺去。匕首还没有刺到秦王身上时，秦王本能地站起来向后扯，袖子被挣断了。接着秦王伸手拔剑，但是剑太长了，一时间拔不出来，只是着急地抓着剑鞘（qiào）。剑插得又太紧了，怎么也拔不出来。秦王无法，只好围着柱子乱转，荆轲在后面急急追赶。当时的情况是：一个瘦小的人在秦王宫的大殿上追着秦国最高的统治者。荆轲就追啊，秦王就跑啊，而殿上的群臣像木头似的，傻傻地分不清怎么回事。秦王的袖子断了，这是荆轲未曾想到的，可能事后秦王会重重地奖赏那个做衣服的裁缝，多亏他没做得那么结实。

刺秦第四步，惊魂一刻。按照当时秦国的法律规定，凡是在殿上站着的臣子都不允许带任何兵器，带兵器的卫士都在殿下，没有命令是不能上来的。秦王没命地跑，埋怨娘亲少生两条腿，哪有工夫招呼下面的卫士。经过短暂的断篇儿，大臣们也反应过来了，徒手和荆轲搏斗，秦王的医生夏无且（jū）用他手里的药囊投向荆轲。也有人看出秦王拔不出剑，就大声告诉秦王把剑推到背上拔。秦王一听醒悟了，把剑向后一推，从背后拔了出来，顺势砍中了荆轲的左腿。荆轲瘫倒在地，但把手中的匕首狠狠地投向秦王。那匕首贴着秦王的脸蛋划过，投在了一根铜柱上。秦王转身猛砍荆轲，荆轲受了八处伤。

荆轲知道事情已经不能成功，就靠着柱子放声大笑，伸着两条

腿,高傲地望着秦王。当然,临死前荆轲也不忘为自己找个台阶下,说事情没有成功就是开始时想捉活的,然后逼着秦国签订条约。其实,开始的时候荆轲不是抓住秦王的袖子就刺嘛。

秦王左右的人过去把荆轲杀掉了,秦王受到惊吓,过度的应激反应让他肾上腺素飙(biāo)升,头晕目眩了很长时间。

尾声。燕国派人行刺激起了秦王的愤怒,秦国大举进攻燕国,燕王和太子丹逃到了燕国东部的辽东地区,秦王写信给燕王,要求他杀掉太子丹,否则立刻灭掉燕国。燕王杀了太子丹,但五年后,燕国还是被灭掉了。

荆轲失败了,他不仅没有阻止秦始皇统一六国的步伐,反而加快了统一的进度。在统一的进程中,秦国的将军们风卷残云(大风把残云卷走。比喻一下子把残存的东西一扫而光)般的消灭了六国。

嬴政在完成统一大业后,又会做出什么举世震惊的事呢?请看下回——统天下始皇称帝　求长生嬴政暴亡。

知识链接

本文改写自《史记·刺客列传》。高渐离,战国时燕国人,是有文献记载的最早的击筑能手。荆轲行刺失败后。高渐离改名变姓,受雇于人做杂役,后来还是被人揭发。秦始皇知道高渐离是荆轲的好友,让人弄瞎他的双眼,放心让他击筑。高渐离将筑灌了铅,趁秦王听音乐入迷时向秦王击去,可惜未击中,秦王于是诛杀了高渐离,终身不再接近六国诸侯的人。出自本篇的成语有:图穷匕见、一去不返。

第四十三回　统天下始皇称帝　求长生嬴政暴亡

嬴政统一了天下,可面对庞大的帝国,他将如何治理呢? 为了让秦国更高效地运转,他统一了文字、法律、度量衡的标准;为了守卫国土,他派蒙恬驱逐匈奴,修筑长城;为了让军队能够快速抵达边疆,他修筑了秦代的高速公路——驰道。嬴政的功绩震古烁今(意思是震动古代,显耀当世。形容事业或功绩非常伟大。烁,shuò),为了彪炳(biāo bǐng,文采焕发的样子)自己的千秋功业,他又会给自己冠以什么名号呢?

嬴政要为自己取一个响亮而又威严的名号,他让大臣们商讨。丞相王绾(wǎn)、御史大夫冯劫、廷尉李斯等一起上书说,古代有天皇、地皇、泰皇,三者之中泰皇最尊贵,建议用泰皇。嬴政认为自己功高三皇,绩盖五帝,各取一字,合称为"皇帝",为了凸显皇帝的与众不同,皇帝的命令称为"制"和"诏",自称为"朕(zhèn)"。大一统的秦帝国由自己开创,所以自称"始皇帝",后世以数字相称,从二世、三世直到万世,传递无穷。

有了响当当的名号,还要用什么方式显示自己的威严呢? 秦始皇开始了巡游,不仅是为了显示威严,也为了国家的安定。秦始皇曾多次巡游,走遍了秦帝国的边疆,其中比较著名的是巡行时封禅泰山。秦始皇巡行到东方视察诸郡县,让鲁地的儒生撰(zhuàn)写铭文,封禅泰山。秦始皇登上泰山,命人立石刻写铭文,筑坛举行祭天的大典。下山时,突然遇到狂风暴雨,秦始皇就在一棵松树下避雨,风雨过后,为了感激这棵树的遮蔽之功,封这棵树为五大夫。

终年的巡行让秦始皇的身体每况愈下(情况越来越坏,越来越糟糕),他意识到了每一个人都要面对的问题——死亡。如果能长生不老,那秦帝国也会永远地辉煌下去。巡行时,齐地人徐福上书说,海中有三座神山,名叫蓬莱、方丈、瀛洲,有仙人居住在那里。如果能找到仙人就能得到长生之药,秦始皇便派徐福率数千童男童女入海求仙。

徐福始作俑者(比喻某种坏事或恶劣风气的创始者。俑,古代用来殉葬的木制或陶制的偶人),后继者趋之若鹜(像鸭子一样成群跑过去,比喻很多人争相追逐、趋附。含贬义。趋,快走,鹜,wù,鸭子),听说秦始皇求仙问药,一个名叫卢生的江湖骗子拜见了秦始皇。他骗取了大量的金钱供自己挥霍,他也知道根本找不到长生之药,就骗始皇说找不到长生之药,就是因为有恶鬼从中捣乱。只有国君隐秘行踪,远离了恶鬼,仙人才会到来。皇帝住的地方别人不能知道,否则仙人是不会来的,药也找不到。于是秦始皇把咸阳周围二百里的二百七十多座宫殿都用甬道连接起来,皇帝走到哪里,谁都不能说,凡是泄露始皇行踪的,一律处死。

一次,秦始皇到了梁山宫,从山上望见丞相李斯的车骑侍从非常气派,心中很不高兴。宫中有人将这件事通知了李斯,李斯从此便减少了侍从。秦始皇知道后大怒,说:"一定是有人泄露了我的行踪。"他拷问身边的人,没人承认,于是他下令将当时在场的人全部杀掉了。从此以后再没人知道皇帝的行踪了。

秦始皇后来巡视国家,到平远县的黄河渡口时病倒了。始皇求长生之药,不愿听到"死"字,大臣们谁也不敢提死的事情。等到始皇病危,便给长子扶苏写了一封遗诏,告诉他赶紧回咸阳准备处理丧事。诏书已经封好,保存在赵高手中。等到队伍行进到沙丘宫时,始皇驾崩。随行的丞相李斯觉得皇帝死在外面,怕消息泄露会发生变故,就封锁了始皇已死的消息。他把始皇的尸体装在温凉车里,像始皇活着一样向咸阳进发。当时天气炎热,尸体散发臭气,李斯、赵高等人便让跟从的官员们每辆车子都装上一筐鲍鱼,来混淆始皇车子的臭味。

始皇已死,公子扶苏会继承王位吗?秦国又会何去何从?请看下回——遭陷害蒙恬(tián)受戮 施暴政二世而亡。

知识链接

本文改写自《史记·秦始皇本纪》。秦始皇对中国的统一,做出了许多前无古人的业绩,创立皇帝制度,在中央实施三公九卿制,地方废除分封制,实行郡县制,统一文字、货币和度量衡等,北击匈奴,南服百越,修筑万里长城,奠定了今日中国版图的基本格局,把中国推向了大一统时代,为建立中央集权制度开创了新局面,对中国和世界历史产生了深远影响。他奠定中国两千余年政治制度的基本格局。出自本篇的成语有:焚书坑儒。

第四十四回　遭陷害蒙恬受戮　施暴政二世而亡

秦始皇写给扶苏的书信并没有发出去，而是被赵高扣留了。赵高是个彻头彻尾的奸佞(nìng)小人，面对仁孝的太子扶苏和忠诚的将军蒙恬，他用尽诡计要置他们于死地。

赵高以前跟扶苏以及大将蒙恬结过仇怨，他担心扶苏做了皇帝后会对自己不利，就和丞相李斯篡(cuàn)改了遗诏，立胡亥为太子，编造罪名让扶苏和蒙恬自杀，然后盖上始皇帝的印玺(xǐ，古代帝王的印)，装好书信派使者送到上郡扶苏那里。

扶苏为人忠厚仁孝，遵照遗诏的指示要自杀。蒙恬立即阻拦扶苏，他认为秦始皇事先并没有立太子，现在突然派一个使者前来传话，其中可能有诈，应调查清楚事实后，再做决定。扶苏没有听蒙恬的意见，自杀了。蒙恬不肯死，被囚禁在阳周县。

使者回来报告，胡亥、李斯、赵高听说扶苏自杀后，非常高兴。他们回到咸阳，立即将始皇下葬，立胡亥做了二世皇帝。赵高担任郎中令，一切事情由他说了算。二世又派使者前往阳周，让蒙恬自杀。蒙恬想要申诉，可是欲加之罪，何患无辞(要想加罪于人，不愁找不到罪名。指随心所欲地诬陷人。欲，要；患，忧愁，担心；辞，言辞，指借口)。蒙恬被迫服毒自杀。可怜蒙氏家族，三代人为秦国效力，打了无数的胜仗，建立了无数的功勋。蒙恬统兵三十万，足可反叛，但为了蒙氏家族的荣誉，他选择了顺从。

除掉了扶苏,毒死了蒙恬,秦二世自知皇帝的位置来得不正,怕朝中的大臣和兄弟们起来造反,就和赵高编造罪名,不断地诛杀大臣和皇室兄弟。他继续修建阿房官,还为自己修建了规模宏大的陵墓,二世使用严刑峻法,整个国家怨声载道。

秦二世的暴政终于激起了民变,六国的遗民杀掉官吏,崤山以东的郡县纷纷揭竿而起(砍了树干当武器,举起竹竿当旗帜,进行反抗。指人民起义),各地反秦形势风起云涌(大风刮起,乌云涌现。比喻新事物相继兴起,声势很盛)。二世派章邯去消灭起义军。章邯在巨鹿战败,投降项羽,反秦的烽火再也无法扑灭。面对败局,赵高怕二世怪罪,诛杀自己,就派咸阳令阎乐带人到望夷宫杀二世。

秦二世昏庸无能,还没有自知之明(指了解自己,对自己有正确的估计)。阎乐带着一千多人来到望夷宫门前,杀掉卫士,边走边射,宫中的郎官、宦官乱作一团,侍从都逃跑了,只有一个宦官仍然跟着二世。二世泥菩萨过河自身难保,还在责备那个宦官,天下大乱,有人反叛怎么不早告诉他。宦官说就是自己没说才活到今天,要是说了,早没命了。阎乐闯进来准备杀二世,二世向他哀求,想见丞相,阎乐不答应;二世想到郡里当个王,阎乐不答应;二世降低标准,想要做万户侯,阎乐仍不答应;二世最后请求做平民百姓,阎乐告诉他,自己就是来杀他的,别的什么都不能答应。秦二世走到了穷途末路,面对死亡,他还充满了幻想。

秦二世残害兄弟忠良,暴虐无度。秦朝的统治让百姓无立锥之地(插锥尖的一点儿地方,形容极小的一块地方,也指极小的安身之处),处在水深火热之中的人民反叛了。那么,是谁首先举起反秦的大旗,点燃席卷全国的反秦烈焰呢?请看下回——戍(shù,防守)渔阳陈胜起

义　统义军项羽反秦。

知识链接

本文改写自《史记·秦始皇本纪》。赵高本是秦国某位国君之后，他的父亲是秦王的远房本家，因为犯罪，被施刑，其母受牵连沦为奴婢，赵高弟兄数人世世卑贱。秦始皇听说他为人勤奋，又精通法律，便提拔他为中车府令掌皇帝车舆，还让他教自己的少子胡亥判案断狱。由于赵高善于察言观色（揣度对方的话语，观察对方的脸色，以摸清对方的真实意图。色，脸色）、逢迎献媚，很快就博得了秦始皇和公子胡亥的赏识和信任。赵高从一名小小的宦官起家，依仗着秦二世胡亥对他的宠信，在秦王朝最后的几年统治中翻云覆雨（比喻玩弄权术，反复无常），把秦朝的暴虐苛政推向了顶峰，从而加速了它的灭亡。出自本篇的成语有：指鹿为马、人头畜鸣。

第四十五回　戍渔阳陈胜起义　统义军项羽反秦

心中有梦，只要坚持不懈地努力就能实现。当他还是替人耕地的佣工时，他就志存高远；当他举起反秦大旗时，他仍坚定不移。"燕雀安知鸿鹄之志哉"是他摆脱卑贱的宣言，"王侯将相，宁有种乎"是他对命运的挑战。他就是陈胜——第一个点燃反秦烈焰的人。

秦二世元年七月，一支队伍在泥泞的道路上艰难跋涉，他们的目的地是边关渔阳。大雨滂沱(pāngtuó),道路不通,他们滞(zhì)留在大泽乡多日,看天气不能按照规定的日期到达渔阳了。"不能如期到达渔阳了。"队伍中一阵骚动,按照秦国的法律,不能按时到达戍边地,杀无赦。队长陈胜悄悄地找到副队长吴广,二人商量,如果现在逃跑,被抓回来肯定是死;如果造反,即使失败了,无非也是死。既然同样都是死,何不拼死一搏,或许还能有一线生机。想要造反,一定要有个由头,陈胜对吴广说,天下人都知道扶苏很贤明,但很多百姓不知道他已经被二世杀害了;还有楚国的名将项燕,楚国人都很爱戴他,有人认为他死了,有人认为他逃亡躲了起来。如果冒充公子扶苏和项燕,带头反秦,一定会声势浩大。吴广觉得很有道理,于是他们商议如此如此。

一天,押送戍卒的校尉喝醉了,吴广当着他的面一再扬言要逃跑。那校尉十分生气,拿起竹条打吴广。他一用力,腰间的佩剑从剑鞘(qiào)中甩出来了,吴广一跃而起,抓起佩剑,手起剑落杀死了校尉。陈胜也在一旁帮忙,把另一个校尉杀死了。紧接着,他们把队伍召集起来,向这么多天来一起受苦受难的弟兄们说,按照秦法,不能按时到达,要杀头。即使不杀头,到了边关,戍边的人十个里也有六七个死的。大丈夫不死就算了;如果一定要死,能够在死之前干一件惊天动地的大事,死也值了。陈胜在队伍中一向有威信,戍卒们听后都服从了陈胜的指挥。

于是陈胜自己做将军,吴广做都尉,先攻下了大泽乡,之后攻占了蕲(qí)县、酂(cuó)县、柘(zhè)县等地。他们一路上扩充军队,到了陈郡城郊时,兵车已经有六七百辆,骑兵一千多,步兵好几万人了。攻下陈郡后,陈胜在这里自立为王,国号"张楚"。陈胜建国后,为了扩充地盘,增强实力,就派吴广率军向西进攻荥(xíng)阳,派陈郡人武臣、张耳、陈余等人到赵国一带,派汝阴人邓宗开辟九江郡。陈胜还任命周文为将军,率兵向西进攻秦国的国都。周文曾经在楚国名将项燕的军中做过官,略懂军事,周文率军到达函谷关时,已经有几十万人了。周文一路进军,一直打到咸阳的东郊。这时,章邯率领秦王朝赦免的七十万囚犯迎击周文。面对身经百战的章邯,周文被打得一败涂地(形容惨败、不易收拾的局面)。周文失败后,章邯率领的秦军将起义军各个击破,不断获取胜利。陈胜不断败走,到了城父的时候,他的车夫庄贾叛变,杀死陈胜投降了秦朝。

陈胜在城父被杀,项梁在定陶被杀,魏咎在临济被消灭,巨鹿的赵王歇也岌岌可危(形容非常危险,快要倾覆或灭亡。岌岌,jíjí,山高陡峭,就要倒下的样子),反秦的烈焰会就此熄灭吗?谁又能统领各路义军继续反秦?请看下回——战巨鹿沉舟破釜　入关中项羽灭秦。

知识链接

本文改写自《史记·陈涉世家》。陈胜、吴广领导的中国封建社会第一次大规模农民起义,旗帜鲜明地提出"王侯将相,宁有种乎"的口号,使笼罩在皇权外面那层神秘的面纱被揭开,它虽然以失败告终,但是它鼓励着更多的人通过武力来反抗被残酷剥削、压迫的悲惨命运! 出自本篇的成语有:鸿鹄之志;苟富贵,无相忘;燕雀安知鸿鹄之志。

第四十六回　战巨鹿沉舟破釜　入关中项羽灭秦

他是个复杂的人，巨鹿之战，他冲锋陷阵一战成名；入主咸阳，他火烧阿房扫荡一空；鸿门夜宴，他心慈手软放虎归山；灭秦裂地，他分封诸侯衣锦还乡；割划鸿沟，他心存侥幸安于现状；垓(gāi)下被围，他儿女情长慷慨悲歌。他，就是西楚霸王——项羽。

在各路义军节节败退，反秦烈焰即将被扑灭时，项羽站了出来。巨鹿城被围，赵王歇派人向项羽求救，项羽派当阳君、蒲将军率先头部队渡河救赵，拿下滩头阵地后，项羽下令全军渡河。面对装备精良、人数超过己方数十倍的秦军，项羽做了一个惊人的决定。他下令凿沉全部船只，把锅碗都砸碎，把帐篷一律烧掉，只带三天的干粮，以此来向士兵们表示只能前进不能后退的决心。

楚军一到巨鹿，就与秦军开战。当时各地来救援巨鹿的军队有十几支，但没有一支敢出来与秦军作战。等到项羽的军队与秦军开战，这些援军的将领们都站在营垒上远远观望，楚军的战士们无不以一当十，杀声震天。楚兵英勇无畏，勇往直前，大破秦军，杀死了苏角，俘虏了王离。等到楚军击败了秦军之后，项羽召见各路将领，这些将领们进辕门(军营的门。辕，yuán)时，都不敢直视项羽。从此，项羽便成了各路诸侯共同的将军，各路义军都归项羽统辖。

秦军战败，让秦二世非常恼火，他专门派一名使者来斥责章邯。章邯很害怕，就派长史司马欣到朝廷说明情况。司马欣到达咸阳后，一连等了三天都没有获得接见。后来听说赵高在向二世进谗言，准备惩处战败的秦军将领。他马上逃回去，在回去的路上司马欣还留了个心眼儿，他怕赵高派人追杀自己，就没有从原路返回。结果赵高真的派人追杀他，司马欣不走回头路躲过一劫。司马欣回到军中告诉章邯，赵高在朝中专权，秦军将领无论胜败，都要被赵高杀害，希望章邯能够慎重地考虑一下众位将领的将来。

与此同时，章邯也收到了赵国的一封信，信上说当年白起为秦国攻城略地，立下战功无数，结果落得个赐死；蒙恬祖孙三代为秦国效力，忠心耿耿，蒙恬北筑长城，拓地千里，最后竟也在阳周被杀，都是因为他们功高盖主，现在将军也是这样的情况，所以将军的结局可想而知。将军不如联合诸侯，瓜分秦朝，自立为王。章邯读信后犹豫不决，他暗中派人去见项羽，想要谈判，但没谈成。之后秦军接连战败，章邯被迫投降，项羽让他统领秦军在前面为自己开路。秦朝降军向西到了新安，军中盛传哗变（军队突然叛变）的消息，项羽在新安城南把二十几万的秦朝降兵统统活埋了。

巨鹿之战，项羽给予秦军重创，秦军主力都被消灭。但是，当项羽率领诸侯军队到达函谷关时，却发现关上有兵把守，进不去。是秦朝最后的残余势力把守关口，还是另有原因呢？请看下回——救知己项伯告密　赴鸿门刘邦遇险。

知识链接

本文改写自《史记·项羽本纪》。巨鹿之战是秦末农民战争所取得的一场巨大胜利。它基本上摧毁了秦军的主力，扭转了整个战局，奠定了反秦斗争胜利的基础，经此一战，秦朝已名存实亡。而项羽破釜沉舟，在各诸侯军龟缩于壁垒中时带头以楚军猛攻秦军，带动诸侯联军以较少兵力破秦将王离率领的二十万秦军，如此的战果令无数后世人对其充满了好奇与景仰。出自本篇的成语有：大失所望、破釜沉舟、三户亡秦、各自为战。

第四十七回　救知己项伯告密　赴鸿门刘邦遇险

他是一个市井无赖，他也是一个英明之君；他自私自利，但也慷慨大方；他文不能安邦，却谋士云集；他武不能定国，却统领百万雄师。他，就是大汉四百年基业的开创者——刘邦。

把守函谷关的士兵不是秦国的士兵，而是刘邦的部下。项羽得知刘邦先破秦入关，十分生气，因为这不仅涉及荣誉，还涉及地盘的问题。反秦的各路义军都知道一个约定，就是先破秦入关的人可以在关中称王。刘邦趁着项羽和秦军主力鏖(áo)战，自己率军攻打防守薄弱的函谷关，之后一举灭掉秦国，名利双收。所以项羽十分气愤，自己拼死作战，却让别人捡了个大便宜，他发兵攻克函谷关，长驱直入。

这时，项羽的军队有四十万，驻扎在新丰鸿门；刘邦的军队有十万，驻扎在灞上，两军相距四十里。项羽本来就十分生气，刘邦的左司马曹无伤又来煽风点火(比喻煽动别人闹事)。曹无伤告诉项羽，刘邦攻破函谷关后，把秦朝的一切财宝都据为己有，并且打算在关中称王。项羽的谋士范增觉得项羽的怒火还不够大,也来火上浇油(比喻使人更加愤怒或使情况更加严重)。他说刘邦没入关前,鼠目寸光(形容目光短浅,没有远见),贪财好色。现在进了关,有了称王的想法,就收敛了许多,也不贪财了,也不好色了,可见刘邦的志向不小。范增还说刘邦头顶上的云气都是五彩龙虎的形象,这是做皇帝的征兆。所以现在要赶紧消灭他,万万不可错过时机。项羽听了两人的话,怒不可遏(è),告诉士兵明早饱餐一顿,去消灭刘邦。

危险步步逼近,刘邦还浑然不知,但他得到贵人相助,逃过一劫。

这位贵人就是项羽的叔父项伯,项羽要进攻刘邦的消息被项伯听到了,他很早就和刘邦的谋士张良交好,所以当夜偷偷地骑马飞奔到刘邦的军营,把情况告诉了张良,想让张良马上逃走。张良认为刘邦大难临头,自己独自逃跑,太不仗义了,就把项伯的消息对刘邦讲了一遍。刘邦一听大惊失色,不知如何是好。短暂的慌乱后,刘邦镇定下来,向张良道出了实情。攻破函谷关后,有人建议刘邦守住函谷关不让诸侯的军队进来,自己在关中称王。但是没想到,项羽那么厉害,不费吹灰之力(形容事情做起来非常容易,不花一点儿力气)就攻破关口,所以造成了现在的局面。张良分析项羽人多势众,兵精粮足,刘邦是打不过他的,刘邦也十分同意张良的分析。张良建议刘邦,现在只有通过向项羽道歉谢罪才可能挽回局势,并让项伯帮助通报。刘邦突然觉得张良和项伯的关系不一般,项伯此次前来会不会有什么其他目的,真的是通风报信吗。对于张良的建议,刘邦默不作声。张良也看出了刘邦的疑虑,解释说,项伯曾经杀过人,自己救过他,所以现在来通风报信。解除了疑虑,刘邦又听从张良的意见,和项伯结为了儿女亲家。刘邦让项伯转达自己派兵把守函谷关是防止其他起义军进入,没有阻挡项羽的意思,并且进入关中之后,没敢动一草一木,登记好了户口,封了所有的仓库,一直恭候项羽将军的到来,希望项羽能消除误会。项伯也叮嘱刘邦明天一定亲自去给项羽赔罪,之后又连夜赶回了项羽的大营。

项羽会原谅刘邦吗?明早刘邦来鸿门赴宴又会遇到怎样惊心动魄的事情呢?请看下回——护主公樊哙(fánkuài)闯帐 起如厕(上厕所)沛公脱身。

知识链接

本文改写自《史记·项羽本纪》和《史记·高祖本纪》。与在战场上的无往不利相对的却是项羽政治上的幼稚,甚至是愚蠢,无知人之明。坑杀战俘,放弃关中,怀念楚国,放逐义帝,自立为王却失尽人心。更为突出的表现是在用人方面。刘邦手下萧何、张良、韩信、彭越、英布出身各不相同却可以尽发挥其所长,而项羽却连一个范增都不能用,项羽与刘邦形成了鲜明的对比。出自本篇的成语有:高屋建瓴(líng)、鸿门宴、安堵如故。

第四十八回 护主公樊哙闯帐 起如厕沛公脱身

他本是市井中一个杀狗的屠夫,因跟刘邦打天下而名垂青史。他和刘邦参加了一场暗藏杀机的豪门盛宴,若不是他及时护卫,当机立断,刘邦也许早成了项羽的刀下之鬼了。他就是樊哙———一个护主心切,甘冒杀头之罪的车夫。

第二天,刘邦如约来向项羽道歉。刘邦先诚恳地道歉,说自己和项羽一同起兵反秦,只是在不同的地方作战,至于进入函谷关自己也没料到。现在和项羽发生了误会,都是小人从中挑唆(suō)。刘邦和项羽套近乎,说当时各路义军都受怀王的指挥,两人一起共事,也算是兄弟,所以请兄弟原谅。听了刘邦的话,项羽的气消了一半,就留下刘邦,和他饮酒叙旧。

范增原本告诉项羽,见到刘邦就立刻杀掉,怎奈刘邦一张巧嘴把项羽说动了,还留他吃饭。范增一计不成又生一计。他告诉项羽在宴会上,只要自己举起玉玦(jué,佩玉的一种。形如环而有缺口。"玦"与"决"同音,故古人每用"玉玦"表示决断或决绝之意),项羽就杀了刘邦。但是宴会上,范增多次向项羽使眼色,再三举起他佩戴的玉玦暗示项羽,项羽权当是没看见。范增知道项羽心慈手软(由于某种原因,心怀恻隐而不忍下手),又出去招来项庄。范增告诉项庄进去上前敬酒,敬完酒,请求舞剑,趁机把刘邦杀死在座位上。于是项庄就进去敬酒,敬完酒向项羽请求为宴会助兴舞剑。项羽答应了,项庄拔剑起舞,有意刺杀刘邦。危急时刻,项伯也拔剑起舞,用身体掩护刘邦。如果没有项伯的保护,恐怕项庄刀刀见血,剑剑毙命。

张良飞快地来到军营门口找樊哙,把情况告诉了他。樊哙拿着剑,持着盾牌,冲入军门。守门的卫士想阻止他,樊哙侧过盾牌一撞,卫士就应声倒地。樊哙冲入营帐,瞪着眼睛看着项羽,头发直竖起来,眼角瞪得都要裂开了。对于樊哙的莽撞行为,项羽没有呵斥,反而十分欣赏,竟然还赐了他一杯酒。当时项羽招待刘邦吃烤肉,在得知樊哙是刘邦的车夫后,项羽又赏了他一条猪的前腿,当然是生的。樊哙也不在意,把盾牌扣在地上,然后把生猪腿放在上面,拔出剑来切着吃。项羽觉得樊哙英气逼人,就又赐了他一大杯酒。酒肉下肚,樊哙壮着胆子对项羽说,秦二世暴虐天下,各路义军蜂起反秦,项羽和沛公同为义军领袖,情同手足,沛公打败秦军先进了咸阳,一点儿东西都不敢动用,封闭了宫室,退军灞上,等待项羽到来。这样真诚待人,没有得到赏赐,反而受到诬陷,实在是冤枉。项羽没什么话可说,就继续和刘邦饮酒。坐了一会儿,刘邦起身上厕所,趁机把樊哙叫了出来。

刘邦出去了好长一段时间,项羽就派都尉陈平去叫刘邦。刘邦和樊哙商议是马上脱身,还是回去向项羽道别。樊哙跟刘邦说,做大事也就顾及不了那些小细节了,现在人家是刀和菜板,咱们是鱼和肉,只有任人宰割的份儿,还道别干什么呢。于是刘邦决定离开,让张良留下来道别。张良问刘邦带礼物没有,刘邦说带了一双白璧,一对玉斗,只是刚才宴会上差点儿命都没了,没敢献给项羽。交代完事情,刘邦和樊哙、夏侯婴、靳强、纪信等四人飞速逃跑,他们从骊山脚下抄小路走,很快到达了军营。

刘邦不辞而别,张良进去道歉,说刘邦喝多了,不能当面告辞。为了表达歉意,送给项羽一双白璧,送给亚父范增一对玉斗。项羽接受了玉璧,把它放在座位上。范增听说刘邦已经逃跑,失去了为项羽铲除劲敌的机会,气得把那一对玉斗砸得粉碎。

这年正月,项羽自封为西楚霸王,将起义军首领分封各地,刘邦被封为汉王。刘邦被封的地方有巴郡、蜀郡、汉中一带,那里都是穷山恶水,汉王会甘于在那里孤独终老吗? 请看下回——战荥阳楚汉

争霸　划鸿沟刘项息兵。

知识链接

　　本文改写自《史记·项羽本纪》。樊哙不仅仅是一个忠勇可嘉的勇士，更是一个机智干练、能言善辩的智士。这一点从他斥责项羽的一番慷慨陈词当中可以看得出来。樊哙喝酒壮胆，借酒发威，吃肉壮志，志在必得。他瞅准时机，巧妙发难，一番理直气壮、滴水不漏的陈词让项羽心服口服，无言以对。最后假以推心置腹之语，设身处地替人着想，前硬后软，引君入瓮(比喻用某人整治别人的办法来整治他自己)，最终满足了项羽沽名钓誉(用某种不正当的手段捞取名誉。沽，买；钓，用饵引鱼上钩，比喻骗取)之心，刚愎自用(十分固执自信，不考虑别人的意见。愎，任性；刚愎，强硬固执；自用，自以为是)之志，彻底摧毁了他"旦日飨士卒，为击破沛公军"的那份怒火和霸气。出自本篇的成语有：秋毫无犯；项庄舞剑，意在沛公；人为刀俎，我为鱼肉；发指眦裂。

第四十九回　战荥阳楚汉争霸　划鸿沟刘项息兵

　　项羽分封各路诸侯，把原来的诸侯王全封在了贫穷的地方，把自己的群臣众将封在了富庶的地方。因此，许多诸侯反叛了。

　　刘邦被封汉中也没有闲着，他明修栈道，暗度陈仓(指正面迷惑敌人，偷偷从侧面迂回袭击)，旋即平定了三秦，率领反对项羽的各路军队，共五十六万人,向东进攻项羽。几个月后,刘邦攻入了项羽的都城彭城,占有了项羽从秦国抢来的所有珍宝美女,每天大摆酒宴,吃喝玩乐。

项羽听说都城被占,就悄悄从齐国撤军到达彭城西面的萧县。项羽在早晨发起突然袭击,到中午时大破刘邦。刘邦的军队到处乱跑,汉军损失十多万人。楚军乘胜追杀汉军到了灵璧东面的睢(suī)水边。汉军再次溃退,但是前有大河,后有追兵,汉军被挤得无路可走。十多万人跳进睢水,以至于睢水都被堵塞得流不动了。刘邦趁着混乱只带了几十个随从逃走了。

刘邦一路狂奔,经过沛县老家时,他想把家眷一起带着逃跑,但已经不知家属跑到什么地方去了。后来刘邦在路上遇到了儿子和女儿,就是日后的孝惠帝和鲁元公主,刘邦让他们上了自己的车。不一会儿,楚国的骑兵追上来了,刘邦心急,竟把儿子和女儿推下了车。夏侯婴赶紧下去把他们抱了上来,刘邦又把他们推下车去,就这样,刘邦一连把他们推下去好几次,又被抱上车来,还好后来终于脱险了。刘邦一路上寻找父亲和妻子吕雉(zhì),后来得知他们被项羽的楚军捉去了。

刘邦收拢残兵败将,退守荥阳,打算和项羽讲和,荥阳以东的地盘归项羽,荥阳以西的地盘归刘邦。项羽当时消灭不了刘邦,就想答应,但后来他听取了范增的意见,下令加紧对荥阳的进攻。项羽能多次打败刘邦,都是范增出的主意,所以刘邦想除掉范增,他就采取了陈平出的反间计。

一次,项羽派使者来到汉营,陈平吩咐接待人员如此如此。汉营的接待人员准备了牛、羊、猪三牲最高规格的宴席来招待他。当招待人员把饭菜端上来后，一看是项羽的使者，就装出惊讶的样子说："我们还以为是亚父的使者呢，原来是项羽的使者。"于是他们便把食物撤下去，重新端出粗劣的食物来招待他。使者回去后把情况报告了项羽，项羽怀疑范增与刘邦私通。范增很生气，就请求告老还乡，项羽答应了。范增在回家的路上，背上的毒疮发作而死。

一计除掉范增，陈平又出一计——连环计帮助身陷重围中的刘邦脱身。

刘邦被困荥阳城内，无法脱身。在夜里，荥阳的东门大开，许多士兵向外逃跑，楚军立刻从四面围攻上来，等到看清面目时，才知道是很多穿上铠甲的妇女，捉住刘邦时也才发现是纪信假扮的。与此同时，刘邦带着几十个随从从荥阳城西门逃跑了。项羽被骗没有捉到刘邦，恼羞成怒就将纪信活活烧死了。

项羽连中两计，他也要给刘邦用上一计——苦肉计。

刘邦逃出来后，再次收拾残兵败将，与项羽在广武涧对峙。项羽的后方一直不稳定，所以他想和刘邦尽快决战，但是刘邦坚守不出。项羽为了逼刘邦出战，使出了撒手锏苦肉计。他把刘邦的父亲太公绑在了案板上，然后对刘邦说，要是再不投降，就把他爹煮了。项羽没有想到，这苦肉计对于刘邦这种人没用，他为了保命连自己的亲生儿女都能几次踹（chuài）到车下，还能在乎那个行将就木的老爹吗？刘邦竟然无耻地告诉项羽，当初自己和项羽一起在怀王帐下共事，彼此以兄弟相待。那么自己的父亲也是项羽的父亲，项羽现在要煮自己的父亲，还请分给他一碗肉汤喝。面对刘邦的无赖行为，项羽只好作罢。

刘邦经过几个回合，终于熬到了自身兵多粮足，项羽兵疲粮尽。

刘邦派人去游说项羽,项羽终于同意订立条约,二人平分天下:鸿沟以西的地盘归刘邦,鸿沟以东的地盘归项羽。刘邦的父亲和妻子都被放了回去。

楚汉和解,天下真的太平了吗? 刘邦和项羽的命运又会如何? 请看下回——退垓(gāi)下四面楚歌　走东城乌江自刎。

知识链接

本文改写自《史记·项羽本纪》和《史记·高祖本纪》。范增为了项羽的霸主事业鞠躬尽瘁,并且看到了刘邦是项羽夺取天下的最大对手,多次向项羽阐明杀掉刘邦确保江山的利害关系。但是,项羽为人注重义气,多疑且自大,一方面认为杀掉刘邦是不义之举,不利于自己重情重义的名声;另一方面自大地认为刘邦无论在才智还是军事策略上尚不足以对自己夺取天下造成威胁,所以迟迟不肯杀掉刘邦。出自本篇的成语有:判若鸿沟;一败涂地;明修栈道,暗度陈仓;先发制人;沐猴而冠。

第五十回　退垓下四面楚歌　走东城乌江自刎

刘邦的缺点是遇事没主意,不知怎么办;项羽的缺点是遇事有想法,想怎么办怎么办。刘邦的优点是打得过就打,打不过就跑;项羽的优点是打得过就打,打不过为了面子也要打。二人优劣立判,这也注定了他们的结局。

项羽是个实惠人，和刘邦签订了的盟约，划鸿沟为界，君子一言，驷马难追。项羽坦荡荡地带着军队撤离前线，准备回东方的领地，他不知道背后有一双眼睛正盯着他。

刘邦本也打算撤军西行，但张良、陈平建议刘邦抓住时机，趁项羽兵疲粮尽赶紧消灭他，刘邦善于采纳意见的优点体现出来了，他听从了建议。汉五年，刘邦在韩信、彭越、黥(qíng)布的帮助下，把项羽的军队包围在垓下，汉军及诸侯兵把楚军团团包围了好几层。可是总困着项羽也不是个办法，刘邦用了一计：攻心计。

一天深夜，项羽军营的周围歌声飘荡，都是楚地的歌。项羽的士兵都是楚地人，听到家乡的歌声，都想起了家中的妻子儿女，思念家乡亲人的氛围在军营中弥漫，有不少士兵偷偷地逃跑了。项羽也很困惑，难道刘邦占领了自己的老家？为什么这么多楚国人呢？想到多年的军旅生涯，曾经的叱咤风云都已成为过眼云烟，现在穷途末路(形容到了无路可走的地步。穷途，处境困窘)，就要成为阶下囚了，项羽叫来虞姬，让她为自己最后跳一次舞。面对着陪伴自己多年的美人虞姬和战马乌骓(zhuī)，项羽慷慨悲歌："力拔山兮气盖世，时不利兮骓不逝，骓不逝兮可奈何，虞兮虞兮奈若何。"项羽唱了几遍，美人虞姬在一旁应和，苍凉粗犷的男声与纤细柔美的女声相缭绕，在场的人听了，无不落泪。

败局已定，项羽选择了突围。趁着夜色，他率领八百多壮士向南冲出，飞驰而逃。等到天快亮的时候，汉军才发觉，命令骑将灌婴带领五千骑兵去追赶。追兵不断赶来，项羽边战边逃，渡过淮河时，部下壮士能跟上的只剩下一百多人了。项羽到达阴陵时，迷了路，

去问一个农夫，农夫骗他向左走，结果项羽陷进了沼泽地中。因此，
汉兵的大部队追上了他们。项羽又带着骑兵向东到达东城，这时就
只剩下二十八人了。估计自己不能逃脱了，项羽对他的骑兵说今天
的败局，不是自己的错误，是上天注定的。从反秦起义到现在已经
八年了，亲自参与的大小战争有七十多场，从没失败过。尽管今天
上天要灭掉自己，但自己也要为壮士痛痛快快地打一场仗，自己一
定会冲破重围，砍倒军旗，斩杀汉将。

　　于是项羽把骑兵分成四队，面朝四个方向，汉军又把他们包围
了几层。项羽约定冲到山的东边，分作三处集合，然后就高声呼喊
着冲了下去，汉军像草木随风倒伏一样溃败了，项羽杀掉了一名汉
将。汉军骑将杨喜在后面追赶项羽，项羽瞪大眼睛呵斥他，杨喜连
人带马都吓坏了，倒退了好几里。项羽与他的骑兵如约在三处会合
了。汉军不知项羽的去向，又把部队分为三路，再次包围上来。项
羽驱马冲了上去，又斩了一名汉军都尉，杀死百八十人，聚拢骑兵，
仅仅损失了两个人。项羽冲出重围，到了乌江边上。乌江亭长正停
船靠岸等在那里，他劝项羽快快渡江，回到江东，以期东山再起(指再
度出任要职，也比喻失势之后又重新得势)。但项羽笑了笑，拒绝了乌江亭长
的好意。他告诉亭长，自己率领江东子弟八千人渡江西征，如今没
有一个人回来，自己有什么脸面去见他们，即使父老乡亲不说什么，
自己难道心中没有愧疚吗？于是他把乌骓马赠给了亭长，命令骑兵
都下马步行，手持短兵器与追兵交战。项羽一个人就杀掉汉军几百
人，但也身负十几处伤。项羽回头看见汉军骑兵将领吕马童，他和
吕马童之前认识，这时吕马童也正告诉王翳(yì)哪个人是项羽。项
羽对吕马童说刘邦用千斤黄金、万户封邑悬赏征求自己的脑袋，自

己就送他个人情,把首级送给他。说完,项羽自刎而死。

王翳赶紧跑过去割下了项羽的人头,其他骑兵蜂拥而上去抢项羽的尸体,单是为了争抢尸体,打架踩踏,就死了好几十人。最后,郎中骑杨喜、骑司马吕马童、郎中吕胜、杨武分别抢到项羽的一条腿或一只手。于是刘邦就把当初悬赏的万户封邑一分为五,封吕马童为中水侯,封王翳为杜衍(yǎn)侯,封杨喜为赤泉侯,封杨武为吴防侯,封吕胜为涅(niè)阳侯。

楚汉争霸,刘邦虽然多次战败,但都能重整旗鼓,是因为一个人在他背后,默默的支持。他出身刀笔吏,率整个家族辅佐刘邦完成统一大业,他就是萧何,刘邦的后勤部长。请看下回——扶沛公反秦倡义 助刘邦一统江山。

知识链接

本文改写自《史记·项羽本纪》。建立汉朝之后,刘邦在洛阳的南宫开庆功宴,宴席上,他总结了自己取胜的原因:"论运筹帷幄之中,决胜于千里之外,我不如张良;论抚慰百姓供应粮草,我又不如萧何;论领兵百万,决战沙场,百战百胜,我不如韩信。可是,我能做到知人善用,发挥他们的才干,这才是我们取胜的真正原因。至于项羽,他只有范增一个人可用,但又对他猜疑,这是他最后失败的原因。"出自本篇的成语有:霸王别姬、四面楚歌、拔山扛鼎、决一雌雄。

第五十一回　扶沛公反秦倡义　助刘邦一统江山

　　他总是说得很少，但做得很好；他不在刘邦身边，却又无处不在；他没有冲锋陷阵，但功劳最高。他就是刘邦的好帮手，一位忠于职守的后勤部长——萧何。

　　当攻破函谷关进入咸阳后，刘邦的将领们都争先恐后地跑到府库中瓜分金银，唯独萧何先跑到秦国的国家档案馆把法律规章、户籍地图和各种档案资料妥善保管了起来。刘邦之所以能精准地知道全国的军事布防、山川地形、户籍人口，都是从萧何获得的秦朝的档案资料上来的。

　　刘邦在前线作战，萧何在关中镇守，制定各种法律规章，建立象征国家政权的宗庙、社稷、宫殿，划分行政区域等等。刘邦多次被项羽打败，每次都是萧何及时地补充粮饷兵源，让汉军恢复元气。

　　刘邦平定全国后，开始论功行赏，大封群臣。刘邦认为萧何的功劳最大，封他为酂（cuó）侯，给他的食邑也最多。将军们都不服，认为自己身披铠甲，手执刀枪，冲锋陷阵，尽管功劳大小不同，但全都得过城、占过地。萧何从没去过前线，就靠舞文弄墨耍嘴皮子，现在功劳反而比众位将军都高，心里实在难以接受。将领们多是大老粗，和他们讲不了谦虚礼让的大道理，为了说服众将，刘邦给他们打了个比方。刘邦说猎人打猎自己不冲在前面，而是让猎狗追杀兔子，猎人只起指挥的作用。能够抓到猎物，是猎人的计谋，而不是猎狗的扑杀；死了一只猎狗，还有别的猎狗补上，但没有猎人的计谋，打猎是不能成功的。攻城野战，诸位将领做的就是猎狗的事情；安定后方，支援前线，萧何做的是猎人的事情，这样看来萧何的功劳不大吗？听了刘邦的解释，众将才不敢再说什么了。

萧何位极人臣，受到了刘邦的分外荣宠，但也多次处于险境。

刘邦平定陈豨(xī)造反的时候，不在长安。留守长安的吕后采用萧何的计策除掉了韩信，为此刘邦特意派人到长安拜萧何为相国，又给他增加食邑五千户，配备五百名士兵给萧何做警卫。大家都给萧何贺喜，唯独召(shào)平却来警告萧何。他告诉萧何要祸及己身了，皇上看到了韩信造反，其实对你也有了怀疑；给你派卫队，也不是对你表示宠爱，而是要监视你。现今之计，唯有散尽家财资助军队才能解除皇上的戒心。萧何按照召平的意见办了，刘邦对萧何十分满意。

类似的事件使用同样的计谋，结果可能大相径庭(径，小路；庭，院子。比喻相差很远，大不相同；径庭：悬殊，偏激)。

这一年的秋天，黥(qíng)布造反，刘邦又亲自带领军队去讨伐，这期间刘邦多次派人回长安来慰问萧何，问他工作情况如何，有无困难。萧何觉得刘邦都在军中吃苦，自己就更加努力地勉励百姓好好生产，又像上次陈豨造反时一样要把自己的全部财产送去资助军队。这时萧何的一个门客劝他说这样做离灭族就不远了，萧何大惑不解，自己还像上次一样勤勉工作，毁家纾难(捐献所有家产，帮助国家减轻困难。毁，破坏，毁坏；纾，缓和，解除)，怎么会被灭族呢。门客解释说，您的职位已经是相国了，您的功劳又是第一，还能再怎么增加呢？您还孜孜不倦(指工作或学习勤奋不知疲倦。孜孜，勤勉，不懈怠)地工作，深得民心。皇上多次派人来慰问您,不是真的勉励你,而是探察关中的百姓是否归附您。现在您应该赶紧大量强买百姓的田产来玷(diàn)污自己的名声,这样,皇上才会对您放心。萧何马上按照门客的主意办了,刘邦这才放了心,高兴起来。

在楚汉相争时,萧何还慧眼识珠(泛指敏锐的眼力,称赞人善于识别人才),替刘邦发现了一个人才。这个人胸怀雄图大业,甘受胯下之辱;这个人可以委以重任,独当一面。他在刘邦的统一大业中也扮演了重要的角色。请看下回——不得时韩信落魄　遇知音封坛拜将。

知识链接

本文改写自《史记·萧相国世家》。萧何原是沛县"主吏掾",熟悉秦帝国的法令制度。刘邦入关后曾颁布过法令:"约法三章",废除了无理的秦朝苛法,而维持社会秩序的法令制度都一律保留。这都是在萧何的建议下进行的,而后来根据秦律又制定了汉律。出自本篇的成语有:萧规曹随、便宜行事。

第五十二回　不得时韩信落魄　遇知音封坛拜将

他曾经寄人篱下,蹭(cèng,指不出代价借机跟着得好处)吃蹭喝;他曾经向人承诺,一饭千金;他曾经遭遇欺凌,受胯下之辱;他曾经不得赏识,月夜逃离。这一切,都是因为别人不能了解他,懂得他,信任他。其实,他是一个不可多得的军事奇才,他就是——韩信。

韩信的祖上是贵族,但到韩信这一代家道早已破落,年轻时的韩信时运不济,命途多舛(命运充满不顺。指一生坎坷,屡受挫折。舛,chuǎn,不顺,不幸)。

韩信是平民时,生活贫困,经常到别人家去蹭吃蹭喝,很多人都讨厌他。别人为了躲避他,想了各种办法,最绝的是南昌亭长的妻子。韩信曾经到南昌亭长家里蹭饭吃,一连去了几个月。亭长的妻子很不愿意韩信来自家蹭饭,又不好意思撵走韩信,就故意改变了吃饭的时间。每天早晨天还没亮的时候,她就做完饭,然后一家人趴在被窝里把饭就吃完了,等到正常吃饭的时间韩信来了,她就不再做饭吃。韩信明白是怎么回事,心里很生气,以后就再也不去了。

最落魄的时候,韩信离乞丐只差一步了。韩信没有饭吃就在城外钓鱼,河边有一些妇女在洗棉絮,一位老妇人看见韩信饥饿的样子,就把自己的饭分给韩信吃。一连几十天,直到这位老妇人漂洗棉絮完毕离去,天天如此。韩信很感激那位老妇人,对她说日后一定重重地报答她。那位老妇人生气地说男子汉大丈夫连自己都养活不了,还能报答别人吗!

人要是不走运,喝凉水都塞牙。韩信无事可做,就在淮阴县市场上闲逛。韩信高大魁梧,却衣衫褴褛;身无分文,腰间却总是挎着一把宝剑。有一个卖肉的年轻人看到韩信灰头土脸的样子,就欺负他,他拦住韩信,让韩信在自己的裤裆下钻过去。韩信盯着他看了半天,最终还是趴在地上,从他的胯下钻了过去。街上的人看到这种情况,都笑话韩信,认为他怯懦(qiènuò)。

韩信最惨的时候,差点儿就人头落地了。韩信投奔刘邦后,曾经做过管理粮草的官,因为犯法被判了死刑,和他同案的十三个人已经被砍了头,下一个轮到韩信了。这时,韩信一抬头,正好看见滕(téng)公夏侯婴,就说:"汉王不是要打天下吗?为什么要杀壮士呢!"夏侯婴觉得这人言语不凡,又长得相貌堂堂,就把他介绍给刘邦,刘邦让他担任治粟都尉。

千里马混迹在马群中,如果没有伯乐,它是不能被发现的。韩信就一直没遇到伯乐,才沦落底层的,所幸的是他终于遇到伯乐了。

他的伯乐就是萧何,萧何对他很赏识,也多次向刘邦推荐韩信,但没有引起刘邦的足够重视。韩信觉得没什么希望了,就趁着一天黑夜逃跑了。萧何听说韩信跑了,来不及向刘邦报告,立即亲自去追他。过了几天,萧何回来了,去拜见刘邦,说自己没逃跑,是去追逃跑的人。当听说萧何去追韩信时,刘邦勃然大怒,责骂他几十个逃跑的将军不追,却去追一个小小的治粟都尉。萧何解释说,千军易得,一将难求,而韩信是将军中难得的将军,所以去追他。刘邦问萧何,韩信真的有那么厉害吗?萧何说如果刘邦只想做汉王,那就用不着韩信;要是想夺取天下,除了韩信别无他人。刘邦就答应萧何,让韩信当将军,萧何说官太小;刘邦又说让韩信当大将,萧何说差不多吧。刘邦想直接任命韩信为大将,萧何又不同意,他说要拜韩信为大将,不能像招呼小孩子似的很随便,要选个良辰吉日,斋戒沐浴,修坛拜将。听说要拜大将,将领们都暗自高兴,认为被任命的大将一定是自己。等到正式任命的时候,原来是韩信,全军都惊得目瞪口呆。

韩信没有让刘邦失望,他统领千军万马,帮刘邦打下了天下。无论有多少部队,韩信都能调度有方,指挥若定,所以有"韩信点兵,多多益善"的说法。

　　韩信是个君子,知恩图报,有容人之量,没有睚眦必报(瞪一下眼睛这样的小怨恨也要报复,形容人心胸狭窄,气量小。睚眦,yázì,发怒时瞪眼睛)。他帮助刘邦平定了天下后,被封为楚王。到了楚国,韩信派人把当年曾给他饭吃的老妇人找来,给了她千金的重赏,报答她当年的赠饭之恩,也兑现了"一饭千金"的诺言。韩信把南昌亭长找来,只赏给了他一百钱,因为他好事不能做到底,是个小人。韩信又把当年曾经侮辱他的那个青年找来,让他到楚国做维持国都治安的中尉,直到这时韩信才解释当年为何忍受了胯下之辱。当初受辱时,自己可以一剑杀了他,但杀了那个青年又如何,也不能获得好名声,为了成就今天的事业,所以韩信隐忍下来。

　　后来,有人告韩信谋反,刘邦采纳陈平的建议,活捉了韩信,把他从楚王降为淮阴侯。韩信被贬为淮阴侯后,被软禁在长安,终日闷闷不乐。汉高祖十年,陈豨造反,刘邦亲自率兵平叛。韩信派人给陈豨送消息,自己做陈豨的内应。于是韩信谋划在长安造反,一切部署好了,这时韩信家的一个门客因犯罪被关了起来。这个门客的弟弟就写密信向吕后告发韩信要造反。吕后在萧何的帮助下,擒获了韩信,然后杀了他,并把韩信的父族、母族、妻族全部杀光。

　　韩信点兵,多多益善。刘邦取得了天下,韩信功不可没。冲锋陷阵有武将,但谋臣也必不可少。他的每一个计谋每一次筹划,无不关系到汉朝的安危得失,他是刘邦所说的"三杰"之冠,他是谁?请看下回——拾布履张良受益　请四皓吕后安心。

知识链接

　　本文改写自《史记·淮阴侯列传》。韩信是中国军事思想"谋战"派代表人物，被萧何誉为"国士无双"，刘邦评价曰："战必胜，攻必取，吾不如韩信。"被后人奉为"兵仙""战神"。"王侯将相"韩信一人全任。作为统帅，他率军出陈仓、定三秦、擒魏、破代、灭赵、降燕、伐齐，直至垓下全歼楚军，无一败绩，天下莫敢与之相争；作为军事理论家，他与张良整理兵书，并著有兵法三篇。出自本篇的成语有：背水一战、肝脑涂地、多多益善、肝胆相照、三分鼎足、解衣推食、捷足先登。

第五十三回　拾布履张良受益　请四皓吕后安心

　　他运筹帷幄（指在帐幕中谋划计策，后指在后方指挥、谋划。筹，谋划；帷幄，wéiwò，古代军队中的帐幕）之中，决胜千里之外。他劝刘邦还军灞上，助刘邦脱离险境；他劝刘邦联合黥布、彭越，替刘邦解除危机；他迎商山四皓，安定太子。他就是刘邦幕后的那个身影——张良。

　　当年秦始皇的巡行车队路过博浪沙，一个一百二十斤重的大铁锤从天而降，砸中了副车，始皇侥(jiǎo)幸逃过一劫，这场刺杀的主谋就是张良。当时张良只是个血气方刚的公子，没有什么计谋，所以采取了这种直截了当的刺杀行为。

张良能够做帝王师,全靠一本书,获得这本书,张良颇费了一番周折。

张良曾在下邳(pī)的桥上散步,一位老人走到张良跟前,故意把自己的鞋子甩到了桥下,然后让张良把鞋子捡上来。张良觉得这老头无理取闹,但看他那么大年纪,就强压怒火,下去把鞋捡了上来。那老头得寸进尺(得到一寸,又想再进一尺,比喻贪得无厌),把脚一伸,让张良把鞋给他穿上。张良很想甩手走人,但既然已经把鞋捡上来了,就给他穿上吧,于是就跪下身子去给老人穿鞋。老人穿上鞋后,满意地笑着走了。张良看着老人的背影,心里觉得老人的行为有些怪异,就在那里愣神。老人走出一段路,又转身回来对张良说,五天后的早晨在这里等他。

五天后,天刚蒙蒙亮,张良到桥头去了,结果老人早已在那里等了好久。老人生气地批评了张良,告诉张良再过五天早点来。过了五天,鸡刚叫,张良就来到了桥头,结果老人又先在那里等着了,张良又受到了批评。老人说再过五天一定早点来。又过了五天,还不到半夜,张良就到了桥头。过了一会儿,老人来了,发现张良已经到了就很高兴,于是拿出一本书给张良,并告诉张良要仔细地研读这部书,说完就走了。等到天亮,张良一看这部书,原来是《太公兵法》。读懂了《太公兵法》,张良由一个鲁莽的小伙子迅速成长为一名出色的军师。

有了张良的帮助,刘邦无论打仗还是做事,总能在千头万绪中找到解决办法,达到事半功倍的效果。

项羽在巨鹿与秦军主力决战的时候,刘邦一路向西,进攻武关,他想用两万人强攻镇守关口的秦军。张良分析秦军的战斗力还很强，所以不能强攻，只能智取。了解到武关的守将贪财好利，唯利是图(指只贪图利益，不顾及其他)，张良建议用钱财收买他。秦将果然中计，答应了和刘邦一起袭击咸阳。于是趁着秦军思想松懈(xiè)，麻痹(bì)大意，刘邦的军队一举攻克武关，胜利进入了咸阳。

汉朝建立后，刘邦论功行赏，但功臣们互相攀比，日夜争吵不休，分封不下去了，这让刘邦很头疼。一天，刘邦看见那些将领们三三两两地坐在沙堆上在议论什么，就问张良怎么回事。张良说陛下得了天下，封的都是萧何、曹参这种亲密的老朋友，杀的都是平常恨的人。如果统计一下各人的功劳，恐怕把整个国家封出去都不够。他们害怕得不到封赏，还害怕过去犯过什么错，被杀掉，所以一起商量着要造反。刘邦一听，很担忧地问张良怎么办。张良问刘邦最恨的人是谁，刘邦说是雍齿。于是张良告诉刘邦赶快先封雍齿，将领们看到最不受欢迎的雍齿都受封了，就安心了。于是刘邦立即大摆酒席，封雍齿为什邡侯。宴会一结束，将领们都安心了。

张良一生出谋划策，他的最后一计是什么呢？

刘邦因为喜欢戚夫人，就想立赵王如意为太子，废掉太子刘盈。尽管刘盈是原配夫人吕后生的儿子，尽管众多大臣极力劝谏，但也没能彻底改变刘邦的态度。对此，吕后心急如焚(心里急得像着了火一样，形容非常着急)，但也没有主意。有人提醒吕后，说留侯张良善于出谋划策，不妨试试。张良不想参与宫廷内部的事，就一直推托。吕后软磨硬泡(相当于死缠烂打，不达目的不罢休，有些死皮赖脸的味道)强逼着张良出主意，张良无奈，只好替吕后想了一个办法。他告诉吕后去找四个人，这四个人刘邦一直想请但至今请不到，如果能请他们出山做太子的宾客，经常跟随太子，再故意让刘邦看到太子和他们在一起，这样对太子将是一种很大的帮助。于是吕后就派人带着厚礼和太子的书信，谦恭地去请这四个人。

一次宴会，刘邦请太子也参加，太子来的时候，四位老人便跟随在太子身后。四个人的年纪都八十开外，须发皆白，衣装华丽。当得知四个人是东园公、角里先生、绮(qǐ)里季、夏黄公时，刘邦大吃一惊，自己请了多年的人，竟然跟着太子，说明太子并不像想象中的孱弱(软弱无能。孱，chán)。四位老人又说太子忠孝仁慈，礼贤下士，很得民心，所以他们也乐意跟随太子。刘邦后来告诉戚夫人，不能立赵王如意为太子了，因为刘盈羽翼已成，改变不了了。

张良体弱多病，所以行军打仗时他不能常在刘邦身边。那么，刘邦率兵打仗时，谁又替他出谋划策呢？请看下回——分祭肉图治天下　出奇计白登解围。

知识链接

本文改写自《史记·留侯世家》。张良在汉朝政权日益巩固后，自己"为韩报仇"的政治目的和"封万户、位列侯"的个人目标已经达到，一生的夙愿基本满足。再加上身缠病魔，体弱多疾，又目睹彭越、韩信等有功之臣的悲惨结局，联想范蠡、文种帮助勾践重新振兴越国后或逃或死，深深地明白了"狡兔死，走狗烹；飞鸟尽，良弓藏；敌国破，谋臣亡"的哲理，惧怕既得利益得而复失，更害怕韩信等人的命运落到自己身上，张良于是自请告退，摒弃人间万事，专心修道养精，崇信黄老之学，静居行气，欲轻身成仙。出自本篇的成语有：圯(yí)上敬履、孺子可教、运筹帷幄。

第五十四回　分祭肉图治天下　出奇计白登解围

　　他英俊潇洒,相貌堂堂,他处境困厄却从不放弃。他行反间计使项羽罢逐范增,他出奇计使绝境中的刘邦化险为夷,他六出奇计,卒建大功,他就是——陈平。

　　尽管家境贫寒,但陈平胸怀大志。每当社日(古代农民祭祀土地神的节日)祭祀完土地神后,乡亲们总是让陈平来给大家分祭肉,老人们都夸他肉分得公平。陈平感慨有朝一日如果能让他主持分割天下,他也能像分祭肉这样把天下分公平。

　　陈平给魏王做过太仆,给项羽做过都尉,但都不受重用,于是陈平逃跑了。逃跑过黄河的时候,船夫见陈平这样一个魁梧的美男子单独行走,怀疑他是个开小差(比喻擅自离开工作岗位或逃避任务的行为)的将军,估计身上一定带有金银财宝,就盯着他看,想杀他。陈平看出船夫的意图,就故意脱掉衣服,光着膀子帮船夫划船。船夫知道他身上没有财宝,就没伤害他。

　　逃过一劫,陈平来到修武县,通过魏无知的引见拜见了刘邦。陈平很得刘邦赏识,做了都尉。陈平从一个逃兵直接做上了都尉,许多人不服,就都说陈平的坏话,他们列举了陈平的缺点:一、徒有其表,没有真才实学。二、品德不好,和嫂嫂通奸。三、为人不忠,背弃魏王、项羽。四、收受贿赂。刘邦听后心里很怀疑,就把引荐人魏无知找来责备他。

魏无知对刘邦说:"当初我向您推荐他,是说他有本事;您现在要责问的,是他的品行。假如陈平有尾生(指春秋时期一位叫尾生的男子,他与女子约定在桥下相会,久候女子不到,水涨起来后,他为了守信不离桥下,最后被水淹死。后用尾生比喻坚守信约之人)那样的品行,而对我们打胜仗没有丝毫帮助,您能任用他么?现在楚汉相争,我推荐的是有奇谋的人,关键是看他的计谋是不是对取得胜利有帮助。至于和嫂嫂通奸,受点贿赂,又有什么值得大惊小怪的呢?"刘邦又把陈平找来问:"你过去替魏王办事,又投奔项羽,现在又来投奔我。一个讲信义的人,能像你这样三心二意吗?"陈平说:"魏王不采纳我的意见,我投奔了项羽,项羽只任用亲信,我就离开他。听说大王您知人善任,我才投奔您。我孤身一人,如果不接受一些金钱,找人引见,我都见不到大王的面。我接受的钱财还都在那里,请您没收充公,我请求辞职回乡。"刘邦一听赶紧赔礼道歉,又拜陈平为护军都尉。

陈平在刘邦打天下时,多次出奇计为刘邦解围,最著名的一计不仅解白登之围,也救了刘邦一命。

秦朝末年,天下大乱,匈奴趁机入侵中原。到汉初时,匈奴也不时侵略汉朝边境,刘邦率兵攻打匈奴。匈奴的首领冒顿(mòdú)将精兵埋伏在暗处,用一些老弱病残的士兵引诱汉军。刘邦久经沙场,小瞧了匈奴人,轻敌冒进,只率少数人马进军,结果被包围在白登。一连七天,汉军被围得铁桶般密不透风,放眼望去,匈奴的骑兵,西面的都骑白马,东面的都骑黄马,北面的都骑黑马,南面的都骑红马。困境中,陈平给刘邦出了一个主意。

汉使者暗中送给阏氏(yānzhī,汉时匈奴单于之正妻称号)许多黄金和珠宝,又取出一幅图画,说是汉朝皇帝请阏氏转给冒顿单于的。阏氏打开图画,只见画上绘着一个绝色的美女,不禁起了妒意,便问这幅美人图是干什么用的。汉使回答说:"汉帝被单于包围,想要罢兵言和。所以把金银珠宝送给您,再请您代他向单于求情,可又怕单于不答应,就准备把国中的第一美人献给单于。因为美人现在不在军中,所以先把她的画像呈上。如果您能帮我们解围,那我们汉朝当然不会把美人献给单于了。"阏氏怕美人真的献给单于,会夺了单于对自己的宠爱,就答应汉使帮助解围的事。

阏氏就对冒顿说:"我们匈奴人逐水草而居,即使得到汉人的土地,也不可能长久地居住。汉王的大部队快到了,我们已经获得了不少的利益,现在见好就收吧。"冒顿听了阏氏的话,把包围圈放开一角,刘邦才安全脱险。

从平城脱险后,路过曲逆县,刘邦见到曲逆城高池深,人口众多,就让御史改封陈平为曲逆侯,来表彰他解白登之围的功劳。

陈平多次出奇计保刘邦脱离险境。刘邦死后,吕后专权,在刘氏江山就要被吕氏篡(cuàn)夺时,陈平和周勃联手,消灭吕氏家族,保刘氏江山稳固。请看下回——危刘氏诸吕作乱 稳江山周勃建功。

知识链接

本文改写自《史记·陈丞相世家》。陈平"六出奇计"为刘邦夺取天下起了重要作用。这六种计策是:一、离间项羽、范增,使项羽势力由此衰颓。二、乔装诱敌,使刘邦从荥阳安全撤退。三、封韩信为齐王,使韩信忠心效命刘邦。四、联齐灭楚,逼项羽乌江自刎。五、计擒韩信,使刘邦剪灭异姓王。六、解白登之围,使刘邦脱离匈奴险境。出自本篇的成语有:美如冠玉。

第五十五回　危刘氏诸吕作乱　稳江山周勃建功

高祖刘邦死后,吕后称制,吕氏家族迅速壮大,掌握了国家的权柄。吕后死后,吕氏家族仍然牢牢把握着政权,吕禄以赵王的身份担任上将军,吕产担任相国,严重威胁了刘氏政权。刘氏政权遭遇了汉朝开国以来第一次危机。还好,大臣们都倾心刘氏,齐心协力保刘氏政权不倒,进行了一场灭吕拥刘的艰苦战役。

灭吕拥刘第一步——名将倒戈。

朱虚侯刘章在吕后死后,悄悄地派人通知哥哥齐王刘襄,让他发兵西进,灭掉吕氏后自己当皇帝。刘章和朝廷中的周勃等大臣给他做内应。齐王得到消息后联合楚王,起兵向长安杀来,朝廷听到齐王起兵的消息,就派颍阴侯灌婴率兵东出迎击。灌婴曾经受高祖之恩,对吕氏家族的独断专权早有不满,兵到荥阳时,不仅没有与齐王作战,反而驻军荥阳,与齐王联合起来,只等吕氏发生叛乱,而后好合力诛灭他们。

灭吕拥刘第二步——计夺兵权。

吕禄、吕产想在关中作乱,但在朝中怕周勃、刘章等人,对外怕齐楚的联兵,灌婴又叛变了,所以一直犹豫不决。当时周勃虽然名义上是太尉,但吕禄掌握军队指挥权。为了夺取兵权,周勃就和陈平合谋把郦(lì)寄的父亲郦商劫持起来做了人质,以此胁迫郦寄前去骗吕禄,因为郦寄和吕禄的关系非常好。吕禄相信郦寄,就想把将印交回朝廷,把兵权交给周勃。吕禄的姑妈吕媭(xū)知道后大骂他,说如果把军权交出去,吕家人都要死无葬身之地。

灭吕拥刘第三步——袒臂拥刘。

郎中令贾寿从齐国出差回来,告诉吕产,灌婴与齐楚联合想回兵诛灭吕氏家族。吕产一听,准备进宫拥兵自卫。恰巧这些话被御史大夫曹窋(zhú)听见了,他立刻飞马报告了周勃和陈平。周勃立刻赶到北军(守卫长安的军队),但没有兵符或印信进不去。这时为皇帝掌管兵符印信的纪通假传圣旨让周勃进入了北军。周勃立刻又派郦寄去劝吕禄,说:"皇帝让周勃掌管了北军,如果还不快点交出兵权去自己的封地,就要大祸临头了。"吕禄认为郦寄不会骗他,就把兵权交给了周勃。周勃进入北军后,下令说:"凡是拥护吕氏的请露出右臂,拥护刘氏的请露出左臂。"全体官兵都露出左臂表示拥护刘氏,于是周勃统领了北军。

灭吕拥刘第四步——诛灭吕产。

但这时南军还没掌握。周勃一方面派朱虚侯刘章坚守军门,同时派曹窋去告诉未央宫卫尉,不要让相国吕产进入殿门。这时吕产还不知道吕禄已经交出了北军,便想进入未央宫,挟(xié)持皇帝作乱,结果进不了殿门,正在那里徘徊。周勃拨给朱虚侯刘章一千人马,在傍晚时分击败了吕产,吕产最后在郎中府的厕所中被杀死。刘章向周勃报告已经杀了吕产,周勃感激地说:"我最担心的就是吕产,现在你把他杀死,天下的局势就算稳定了。"随即周勃派人分头去把吕氏家族的人抓起来,全部杀掉了。

灭吕拥刘第五步——拥立代王。

诛灭了诸吕,可当时的小皇帝是吕氏立的,所以大臣们私下商量,废掉小皇帝,在刘氏诸王里挑一个最贤德的立为皇帝。代王刘恒是高祖的儿子,年纪最长,为人仁孝宽厚,他的母亲薄氏也驯良恭谨。拥立年长的皇子顺理成章,以仁孝入选也便于向天下人讲,最后大家意见一致,就悄悄地派人去代国迎接代王。代王刘恒先是虚情假意地推辞了一回,待到大臣第二次去请,刘恒便立刻乘上六匹马拉的传车,飞快地到了长安。

周勃、陈平与拥护刘氏的功臣们联合起来,共同铲除了吕氏,保住了刘氏江山。汉朝在经历了吕氏的风波后,又遇到了一场更大的变故。这将是一场什么样的变故呢?请看下回——联七国刘濞(bì)叛乱 保汉祚(汉朝天下。祚,zuò。皇位)晁(cháo)错削藩。

知识链接

本文改写自《史记·绛侯周勃世家》。吕后为人有谋略,吕后助刘邦杀韩信、彭越等异姓王,消灭分裂势力,巩固统一的局面。刘邦驾崩,太子刘盈继位,尊吕后为皇太后,惠帝仁弱,实际朝政由吕后掌政。惠帝驾崩后,吕后临朝称制八年。吕后先后掌权达十六年,是中国历史上三大女性统治者(吕后、武则天、慈禧太后)中的第一个。吕后当政时,继续推行休养生息、无为而治的政策,从民之欲,从不劳民。在经济上,实行轻赋税。在吕后统治时期,不论政治、法制、经济和思想文化各个领域,均全面为"文景之治"奠定了坚实的基础。出自本篇的成语有:汗流浃背、见利忘义。

第五十六回　联七国刘濞叛乱　保汉祚晁错削藩

　　如果说诸吕作乱是异姓对刘氏政权构成了威胁，那么真正可能颠覆刘氏政权的还是刘氏自己。七国之乱实质是祸起萧墙（指祸乱发生在家里，比喻内部发生祸乱。萧墙，古代官室内当门的小墙）。有趣的是高祖刘邦对将来吴地的叛乱有所预见。事情还得从平叛开始说起……

　　高祖十一年秋，淮南王英布造反，刘邦领兵征讨。这时的刘濞才二十岁，率领骑兵大破英布。平叛后，刘邦觉得吴郡、会稽的民风剽悍（piāohàn），而自己的儿子又都很小，就封刘濞做了吴王，让他去管辖三郡五十三城。等到任命完毕，刘邦把刘濞叫来，仔细端详他的长相，心中"咯噔"一下，刘濞有造反的面相，尽管刘邦有点后悔，但由于已经任命了，又是自己的亲人，就拍着刘濞的后背嘱咐他说："再过五十年东南将要有人造反，难道这个人就是你吗？天下刘姓都是一家，千万不要造反！"刘濞伏地叩头说："绝对不敢。"

　　七国之乱事出有因，吴王刘濞和朝廷很早就结了仇怨。

　　文帝时，吴王刘濞的太子进京朝见。有一天，陪当时还是皇太子的景帝饮酒下棋。吴太子的师傅都是楚地人，把他惯得轻浮暴躁，而且骄横。他在和皇太子下棋时争吵起来，吴太子不礼貌，皇太子刘启就举起棋盘砸吴太子，结果把吴太子打死了。朝廷并没有给出什么说法，只是把吴太子的尸体运回了吴国。吴王刘濞大怒，强行让人把吴太子的尸体运回长安埋葬了。经过这件事，吴王刘濞渐渐失去藩臣对天子的礼节,推说有病不再进京朝拜。朝廷调查吴王刘濞,结果发现确实没病,就扣留吴国的使者。吴王害怕了,就越来越图谋着造反。后来文帝放回了吴国使者,还赐给刘濞一根手杖,说他年纪大了,可以不必进京朝拜。吴王见自己罪过被免,造反的心思就渐渐地放下了。吴国铸钱煮盐,富甲一方,吴王经常免除吴国百姓的徭役(古时统治者强制百姓承担的无偿劳动),一直这样过了四十多年,所以吴国人都愿意听他的调遣。

点燃七国之乱的真正导火索是削藩。

文帝时,晁错建议过削减诸侯王的势力,但没有被采纳。景帝即位后,晁错做了御史大夫,又劝景帝削藩。当时诸侯国的土地几乎占去了全国的一半,势力也很大,经常不听中央调遣,尤其是吴王,招纳亡命之徒,收买人心,图谋不轨。晁错分析,现在的形势是削藩他要造反,不削藩他也要造反。削藩,他反得早,造成的祸害小;不削藩,他反得晚,造成的祸害大。于是景帝找机会首先削了楚王刘戊的东海郡,赵王刘遂的常山郡,胶西王刘卬的六个县。

当朝廷开始商量削减吴国地盘的时候,吴王刘濞害怕以后这样削藩没完没了,就想借此机会发动叛乱。他暗中联络了胶西王刘卬共同起事。诸侯们因为被朝廷削减了土地,都惊恐不安,因为削藩的计策是晁错出的,所以诸侯们心中怨恨晁错。等到削减吴国的诏书一到,吴王首先起兵造反,接着胶西、胶东、淄川、济南、楚国、赵国也都起兵造反了,赵王刘遂还暗中联合了匈奴人。吴王刘濞发动了吴国可以调动的所有男丁,总共二十多万人。他还派人到闽越、东越联络,东越也派人跟着来了。

吴王刘濞打着"清君侧,诛晁错"的旗号率领五十万大军浩浩荡荡向西进军,汉朝遇到了自诸吕作乱以来最大的危机,谁又能挽救汉朝呢?请看下回——巡细柳文帝受阻　平叛乱条侯建功。

 **知识链接**

本文改写自《史记·袁盎晁错列传》。吴楚七国之乱在三个月内全部平息,同姓诸侯王的势力受到致命打击。景帝趁势收夺各诸侯国的支郡、边郡归朝廷所有,同时取消了王国自行任命官吏和征收赋税的特权,削减了王国的属官,王国的丞相改称为相,国相还负有监察王的使命,规定诸侯王不得治理民政,只能"衣食租税",即按朝廷规定的数额收取该国的租税作为俸禄,王国的地位已与汉郡无异。出自本篇的成语有:目不交睫。

第五十七回　巡细柳文帝受阻　平叛乱条侯建功

七国叛乱,打的旗号是"清君侧,诛晁错"。有的人就向景帝进言,现在吴楚反叛,都是因为晁错率先主张削藩引起的,所以只要杀了晁错,叛乱自然平息。景帝一时糊涂,就杀了晁错。晁错被害前,接到的是皇帝召见的命令,所以穿着官服急匆匆赶去拜见皇帝,对自己将要被斩首的事一无所知,所以穿着官服就被砍掉了脑袋。可怜晁错为汉朝的基业着想,没有获得任何奖赏,反遭无辜杀害。

晁错死得冤,死得也不值,因为叛军根本没有停止向西进攻的脚步。危急关头,景帝总算抓到了一根救命稻草——周亚夫。

　　条侯周亚夫遗传了父亲周勃的军事才能,他临危受命,率兵迎击吴楚叛军。出发前,周亚夫向景帝请求暴露梁国这个侧面让叛军攻击,来消耗叛军的锐气,然后抄后路切断他们的粮道,寻机歼敌。景帝答应了周亚夫的请求。

　　周亚夫把朝廷的军队集结在荥阳,这时吴国的军队正在进攻梁国。梁国形势危急,梁王请求周亚夫出兵援救。周亚夫置之不理,让军队深沟高垒,坚守不出。梁王天天派人请求周亚夫救援,周亚夫就是不动。梁王只好向景帝告急,景帝派人诏令周亚夫出兵救援梁国。周亚夫拒不执行诏令,而是派轻骑兵切断了吴楚军队后方的运输线。这时,吴军也连续几次向周亚夫的军队挑战,但周亚夫始终坚守不肯出战。

　　一天夜里,军营中突然骚乱起来,乱兵几乎闹到了周亚夫的营帐,但他始终镇定地躺在床上。过了一会儿,军营自己平静下来了。不久,吴军突然向周亚夫军营的东北角进攻,周亚夫立即命令加强防备西北角。果然,吴军的精锐不久后开始了对西北角的猛攻,但因周亚夫早有防备,吴军没能得逞。

　　不久吴国军队被切断了粮草,只好撤退。这时周亚夫立即派精兵追击,吴军大败。吴王刘濞逃到了东越,吴国军队全部投降。朝廷出千金悬赏吴王刘濞的人头,一个月后,东越把吴王的人头送归朝廷。平定这次叛乱,周亚夫前后只用了三个月,这时将领们才认识到周亚夫当初的策略是正确的。由于平定七国之乱的功绩,周亚夫之后被迁升为丞相,景帝非常重用他。

　　周亚夫在平叛中充分展现了自己的军事才能,其实他的军事才华在文帝时就已有所表现。

文帝后元六年，匈奴人大举侵略汉朝的北部边境。文帝派军分别驻扎灞上、棘门、细柳，来防备匈奴人入侵京城长安。一天，文帝亲自去慰劳军队。当他到达灞上和棘门两座军营时，车驾都能长驱直入，以将军为首的所有人都下马迎送皇帝。之后，文帝又向细柳营奔来。当皇帝的使者到达营门时，发现这里的官兵都身披铠甲，刀出鞘，弓上弦，戒备森严。使者被门前的卫兵拦住了。使者通报皇帝马上就到，命令卫兵立即打开营门，但卫兵拒不执行，说："军营中只听将军的命令，不听皇帝的圣旨。"过了一会儿，文帝的车驾来到营前，卫兵还是不让他们进去。于是文帝派人亲自拿符节（古代朝廷传达命令、征调兵将以及用于各项事务的一种凭证。用金、铜、玉、角、竹、木、铅等不同原料制成。用时双方各执一半，合之以验真假，如兵符、虎符等）去通知周亚夫，周亚夫才传令打开营门。营门的卫兵按军规又要求皇帝的车马不能在营中奔驰，于是文帝告诉侍从们一律勒住缰绳，文帝的车马缓步前进。当文帝到达营门时，周亚夫手持兵器作揖，只以军礼参见。文帝对于周亚夫的治军严明很是敬佩，在离开后，文帝赞叹说："这才是真正的将军！刚才去过的灞上和棘门，都跟儿戏一样，那里的主将完全可以被偷袭。至于周亚夫，谁能侵犯得了呢！"

周亚夫是平定七国之乱的功臣，是景帝时少有的名将，在他之后，面对匈奴的大举进犯，又会有哪些名垂青史的将军涌现出来呢？请看下回——逐匈奴卫青立业　勒燕然骠(piào)骑建功。

知识链接

本文改写自《史记·绛侯周勃世家》。七国之乱的平定和诸侯王权力的削弱,沉重地打击了分裂割据势力,在制度上,基本解决了刘邦实行诸侯王制度时所产生的弊病,进一步加强了中央集权制度。七国之乱的平定,巩固了削藩政策的成果,在很大程度上解决了汉高祖分封子弟所引起的矛盾,并为汉武帝用"推恩令"进一步解决王国问题创造了必要的条件。出自本篇的成语有:从天而降。

第五十八回　逐匈奴卫青立业　勒燕然骠骑建功

汉初国力衰弱,白登之围,高祖刘邦险些丧命;文景两朝无力反击匈奴,不得不采取和亲的政策;直到武帝时期,才组织起了七次大规模的对匈奴作战。有两位将军在战争中立下了赫赫战功,他们就是——卫青和霍去病。

元朔元年秋天,汉朝第一次出塞讨伐匈奴。卫青作为车骑将军,从雁门郡出发,率领三万骑兵进攻匈奴,杀死和俘虏了几千人。

元朔二年,汉朝第二次出塞讨伐匈奴。车骑将军卫青出云中郡西行直奔高阙,攻占了黄河以南的土地和陇西,俘获匈奴人几千人,夺得牲畜几十万头,赶跑了白羊王和楼烦王。汉朝在黄河以南的地区设立朔方郡。

元朔五年春天,汉朝第三次出塞讨伐匈奴。车骑将军卫青率兵三万,从高阙出发攻击匈奴右贤王。右贤王以为汉军不会深入匈奴,喝得酩酊大醉(形容醉得很厉害。酩酊,mǐngdǐng,沉醉的样子)。卫青率汉军趁夜色包围了右贤王,右贤王大吃一惊,只带了一个爱妾和几百名骑兵突围。汉军抓获了右贤王以下的小王十几人，人口一万五千多，牲畜几十万乃至上百万。当卫青回到边境的时候，武帝派使者在军中拜卫青为大将军，各路将领都统一归大将军指挥。这次跟随卫青出征的将军公孙敖、韩说、公孙贺、李蔡、李朔、赵不虞等都被封侯。

元朔六年春天，汉朝第四次出塞讨伐匈奴。大将军卫青从定襄出发讨伐匈奴，斩杀俘虏一万多人。但此次汉军也有损失，右将军苏建全军覆没，只身逃归；前将军赵信投降匈奴。在这次讨伐匈奴的战斗中，在其他将军或失败、或无功的情形下，有一位十八岁的小将军崭露头角，被封为冠军侯，他就是霍去病。

元狩二年春天，汉朝第五次出塞讨伐匈奴。冠军侯霍去病被任命为骠骑将军，率领一万骑兵从陇西出发进攻匈奴，前后经过匈奴五个王国，转战六天，行程一千多里，斩杀折兰王、卢胡王，诛灭全甲国，活捉浑邪王的儿子及相国、都尉，缴获了休屠王祭天用的金人，斩杀和俘虏八千余人。

元狩二年夏天，汉朝第六次出塞讨伐匈奴。骠骑将军霍去病从北地出发深入匈奴腹地，过居延水，穿过小月氏，进攻祁连山，抓获酋涂王，集体投降的有二千五百人，斩获三万零二百人，抓获单于的皇后、五个小王、五个王后、五十九个王子，抓获相国、将军、当户、都尉等官员六十三人。

这年秋天，因霍去病多次击破统领西部的浑邪王，单于对此十分恼怒，打算将浑邪王召来杀掉。浑邪王得知后与休屠王等人密谋投降汉朝，武帝派霍去病率领部队前去受降。霍去病渡过黄河，与浑邪王的部队相隔不远，浑邪王有些偏将突然变卦逃跑了。这时霍去病立即催马驰入匈奴军中，杀了八千想逃跑的人。之后带领浑邪王的全部人马南渡黄河归顺汉朝。

元狩四年春天,汉朝第七次出塞讨伐匈奴,这一次也是规模最大的一次。武帝命令大将军卫青、骠骑将军霍去病各自率领五万骑兵,又派出运送军需物资的部队和后续步兵几十万人。卫青在漠北与单于主力交战,双方损失相当,单于逃跑。当时骠骑将军霍去病也率领着五万骑兵,深入匈奴千余里后,遇到了匈奴左翼的部队,俘虏了屯头王、韩王等三人,俘虏匈奴将军、相国、当户、都尉等八十三人,登上狼居胥(xū)山祭天,在孤衍山祭地,一直到达北海之滨,共计斩杀和俘虏匈奴七万零四百三十人。此次出征,共带出马匹十四万匹,但回来时,达不到三万匹。

骠骑将军霍去病不爱讲话,性情内向,但果敢而有胆略。武帝曾为他修建了府邸,让他去看,霍去病说:"匈奴还没有消灭,不能先经营自己的小窝。"霍去病二十四岁就去世了,武帝为此很伤心,调集了浑邪王率众来降时的五个郡的铁甲军,列队从长安一直排到茂陵,仿照祁连山的形势给他修筑了陵墓。

大将军卫青的功勋:共七次讨伐匈奴,斩首与俘虏敌人共五万多名,收复河套地区,设立朔方郡。三个儿子被封侯,随大将军出征的校尉、裨(pí, 副)将被封侯九人,升为将军的十四人。

骠骑将军霍去病的功勋:共六次出击匈奴,斩首与俘虏敌兵十一万人,使浑邪王率部投降汉朝,开辟黄河以西的酒泉郡。其部下校尉与其他官吏被封侯六人,晋升将军二人。

两位将军能够建立如此震烁古今的功绩,都得力于武帝的信任。武帝宏图伟略,放手让将军改革创新,才使汉军能够战胜匈奴。一代雄主,他登上帝位全靠母亲王娡的精心设计。请看下回——除

栗妃王娡封后　继大统刘彻登基。

知识链接

　　本文改写自《史记·卫将军骠骑列传》。卫青战略战术的成就可以归纳为：善于在沙漠草原组织骑兵集团的进攻战役；善于发挥骑兵的特长，实行远程奔袭，捕捉战机和包围歼敌。在此之前，汉族名将中没有人在沙漠草原地带指挥过规模如此巨大而又获得成功的战役。卫青的战略战术运用，是极其有创造性的。

　　霍去病用兵灵活，注重方略，不拘古法，用"变数"和"速度"打造自己的战略舞台，开创了对匈奴的新战法：长途奔袭，孤军深入（轻辎重），利用骑兵的高度机动性，以骑对骑，歼灭对手。这个战法到了现代有了一个响亮的名字——闪电战。他为国忘家，生平无一败绩，深得武帝信任，留下了"匈奴未灭，何以家为"的千古名句。出自本篇的成语有：封狼居胥。

第五十九回　除栗妃王娡封后　继大统刘彻登基

　　汉武帝能够登上帝位，全靠他的母亲。武帝的母亲王娡非常有心计，她巧妙利用了一打一联就实现了自己的目的。一打就是打击竞争者，打得稳、准、狠，一击毙命，不留痕迹。一联，组成联盟，二人齐心，攻无不克。

景帝最年长的儿子叫刘荣,刘荣的母亲是栗妃,景帝很喜欢栗妃,刘荣就做了太子。当时景帝的姐姐长公主刘嫖有个女儿,她想让这个女儿给太子刘荣做妃子,这样如果将来刘荣做了皇帝,自己是皇帝的丈母娘,地位会更稳固。长公主打好了如意算盘,但栗妃不买账,对长公主的好意置之不理(放在一边,不理不睬)。因为景帝身边的许多美人有不少通过长公主的引荐获得了皇帝的宠幸,栗妃为人妒忌,看到她们的宠爱都超过了自己,就怨恨长公主,因此回绝了长公主的请求。长公主热脸贴冷屁股(比喻此方热情美好,换来的却是彼方的冷漠),自讨没趣,心中窝火。

王娡抓住了机会,她请求长公主把女儿嫁给自己的儿子。长公主正下不来台,有人给个台阶下,高兴得不得了,就和王娡结了亲。此后,长公主就整天在景帝面前夸奖王娡的儿子好,说栗妃的坏话。开始时,景帝宠爱栗妃,没太在意。一次,景帝问栗妃,如果自己死后,太子刘荣做了皇帝,她能否好好对待诸位皇子。栗妃心胸狭窄,赌气不说话。景帝感觉栗妃气量太小,不会好好对待诸位皇子,更不能母仪天下,就开始不喜欢栗妃了。

王娡得知景帝恼怒栗妃,就趁着皇帝生气的时候,故意指使人去怂恿(sǒngyǒng,从旁劝说鼓动别人去做某事,现在多用于贬义)大臣们请求立栗妃为皇后。

一天,一位主管礼仪的大臣奏事完毕,向景帝进言:"俗话说'子以母贵,母以子贵',现在刘荣为太子,可他的母亲还没有封号,应该立栗妃为皇后。"景帝听了很生气,一怒之下把那个大臣杀了。他不仅没封栗妃为皇后,还把太子贬为临江王。栗妃因为此事,恼怒怨恨,但她又见不到皇帝,就忧愤而死。

王娡除掉了栗妃,联合了长公主,就顺理成章地成了皇后,她的儿子刘彻也被立为太子。

王娡工于心计,最终让她的儿子登上了帝位,她的儿子武帝也没有辜负她的期望,开创了中国封建社会的第一个黄金盛世。

知识链接

本文改写自《史记·外戚世家》。治国方略上,汉武帝任用董仲舒,采用他的罢黜百家、独尊儒术的战略性国策,确立了儒家思想的统治地位,完善了封建统治秩序。儒家思想的确立,不仅使思想统一,而且为后来的各民族、各种宗教哲学思想融合奠定了思想基础,在此后长达两千多年中,中国历史上出现了多次民族大融合,从来没有发生过宗教战争,使佛、儒、道三教一直和平相处,互相贯通。军事外交上,汉武帝大力推行富国强兵的国策,彻底扫除了边患,使西域首次并入中国版图。出自本篇的成语有:梦日入怀、金屋藏娇。

考点延展 —————————————

模拟训练题

一、填空题

1. 黄帝名（　　　　），他与（　　　　　）的部落合并在了一起，中华民族是（　　　　）的说法由此而来。

2. （　　　　　）的儿子启建立了夏王朝，这是我国历史上第一个（　　　　）制王朝。

3. 烽火台上的士兵一旦发现敌情，白天就点起（　　　　），夜间点燃（　　　）向四处报警。

4. 郑国商人（　　　　）把自己贩卖的（　　　　）送给秦国军队，还假称这是郑国国君对秦军的慰劳，使得敌人放弃了对郑国的偷袭计划。

5. 公元前（　　　　）年，（　　　　）灭掉六国，完成了统一中国的大业，建立了中国历史上第一个中央集权的（　　　　）。

6. "不鸣则已，（　　　　　　　）"的（　　　　）善于纳谏，从一个昏君变成了一个英明的君主，使楚国成了诸侯中的强国。

7. 晋公子重耳在外流亡（　　　　）年。因为苏秦的合纵策略，秦国不敢出（　　　　）关攻打六国。

8. 司马迁说："人固有一死，（　　　　　　），（　　　　　　）。"

9. 中国古代法家思想的代表人物是（　　　　　　）。

10. （　　　　）建议秦始皇修筑（　　　　　），以保护秦朝不受北方各少数民族军队的滋扰。

11. 淮阴侯（　　　　　）年轻时就敢于忍受（　　　　　　），承受各种折磨，后来成了一代名将。

12. 白起在（　　　　）打败（　　　　　），使赵国一蹶不振。

13. （　　　　）通过赛马的方式，向齐威王推荐（　　　　）。

14. 历史上所说的"春秋五霸"是指（　　　　）、（　　　　）、（　　　　）、（　　　　）、（　　　　）。

15. "管鲍之交"指的是著名历史人物（　　　　）和（　　　　）。

16. 使秦国由弱变强，逐步走上霸主之位的著名变法是（　　　　）。

17. 我国历史上第一位伟大的爱国诗人是（　　　　）。

18. "成也萧何，败也萧何"，这里的"成败人物"是指（　　　　）。

19. "不飞则已，一飞冲天。不鸣则已，一鸣惊人。"说的是（　　　　）。

20. 曾经评价《史记》为"史家之绝唱，无韵之《离骚》"的是（　　　　）。

21. 成语"破釜沉舟"讲的是（　　　　）。

22. 历史上说的战国七雄是（　　　　）、（　　　　）、（　　　　）、（　　　　）、（　　　　）、（　　　　）、（　　　　）。

23. 战国四公子指的是（　　　　）、（　　　　）、（　　　　）、（　　　　）。

24. 是（　　　　）把赵氏孤儿养大的。

25. 遭父亲、继母与弟弟陷害好几次，仍对他们非常好，这个人是（　　　　）。

26. （　　　　）是我国古代著名军事家，训练了一支由妇女组成的军队。

27.（　　　）用五张黑羊皮换回了百里奚。

28.“将在外，君命有所不受”是（　　　）说的。

29.秦朝末年，百姓纷纷揭竿而起，项羽、刘邦势力相当，但最后成王的则是刘邦，是因为他有一名“带兵多多益善”的（　　　）。

30.“兔死狗烹，鸟尽弓藏”是对古代名臣良将可悲下场的真实写照，试举两人。（　　　）（　　　）

二、判断题，在（　　　）中填写“√”或“×”

1.刘邦月下追韩信，并任命他为大将。（　　　）

2.赵武灵王在赵国推行胡服，并招募士卒训练骑射，使赵国的实力很快增强了。（　　　）

3.孔子出身于贵族之家，从小家境富裕，遍览群书。（　　　）

4.周朝是中国历史上第一个封建制王朝。（　　　）

5.“禅让”的意思是指把帝位传给有贤能的人，而不是传给自己的儿子。（　　　）

6.大军事家孙膑是孙武的后代子孙。（　　　）

7.伍子胥为逃避楚平王的追捕，一连几天都睡不好觉，把一头黑发都愁白了。（　　　）

8.商鞅推行的新法使楚国逐渐强大起来。（　　　）

9.当孟尝君被齐王免了职务时，除了毛遂，众门客都离开了他。（　　　）

三、选择题

1. 曾评价《史记》为"史家之绝唱,无韵之《离骚》"的人物是:

(   )

A. 李白   B. 鲁迅   C.巴金   D. 老舍

2. 成语"破釜沉舟"讲的是谁的故事? (   )

A. 刘邦   B. 韩信   C. 项羽   D. 勾践

3. "运筹帷幄之中,决胜千里之外"讲的著名历史人物是:

(   )

A. 韩信   B. 萧何   C. 张良   D. 孙膑

4. "烽火戏诸侯"故事中讲到的昏君是:(   )

A. 纣王   B. 周幽王   C. 夫差   D. 燕昭王

5. 中国历史上第一个皇帝是:(   )

A. 秦始皇   B. 周武王   C. 刘邦   D. 商纣王

6. "智过昭关,一夜之间白了头"的著名历史人物是:(   )

A. 齐桓公   B. 伍子胥   C. 勾践   D. 夫差

7. 刘邦与项羽划定了楚汉边界,它就是(   )

A. 邗沟   B. 鸿沟   C. 长城

8. 主张连横实现秦国统一六国的是(   )

A. 苏秦   B. 张仪   C. 商鞅

9. 涿鹿之战的对战双方是(   )

A 刘邦与项羽   B 黄帝与蚩尤   C 周武王与商纣王

10. 下令焚书坑儒的是(   )

A 秦始皇   B 胡亥   C 扶苏

11. "项庄舞剑,意在沛公"中的沛公是(　　　)

　　A. 刘邦　　　　　　　B. 范增　　　　　　　C. 项羽

12. (　　　)是六国中最后灭亡的。

　　A. 赵国　　　　　　　B. 齐国　　　　　　　C. 楚国

13. 孔子出生在(　　　)

　　A. 鲁国　　　　　　　B. 燕国　　　　　　　C. 韩国

14. (　　　)答应与楚国交战时晋军将退避三舍。

　　A. 楚成王　　　　　　B. 重耳　　　　　　　C. 子玉

15. (　　　)首先起义抗秦。

　　A. 陈胜、吴广　　　　B. 项梁　　　　　　　C. 刘邦

16. 冯谖是(　　　)的门客。

　　A. 春申君　　　　　　B. 孟尝君　　　　　　C. 信陵君

17. 燕太子丹派(　　　)刺杀秦王嬴政。

　　A. 专诸　　　　　　　B. 高渐离　　　　　　C. 荆轲

四、猜成语

1. 廉颇向蔺相如请罪时,背着荆棘。(　　　　)

2. 周厉王时期,暴行遭人不满,于是派出许多密探,一发现有人不满立即杀死,人们在路上遇到不敢交谈,只是以目示意。这个成语形容人民对残暴统治的憎恨和恐惧。(　　　　)

3. 巨鹿之战,楚军全部渡过漳河以后,项羽让士兵们饱饱地吃了一顿饭,每人再带三天干粮,然后传下命令:"皆沉船,破釜甑",意思是说把渡河的船(古代称舟)凿穿沉入河里,把做饭用的锅(古代称釜)砸个粉碎,把军营统统烧毁。项羽用这办法来表示他有进无

退、一定要夺取胜利的决心。（　　　　　）

五、猜典故

1. 周幽王为博妃子褒姒一笑，不惜点燃烽烟。（　　　　　）

2. 秦二世在位时，丞相赵高为了测试朝臣们是否和自己一心，拉一只梅花鹿上朝，说是一匹良马，秦二世笑说明明是一只鹿，于是问众大臣是鹿还是马，结果那些说是鹿的人都被赵高杀害。（　　　　　）

3. 商纣王以酒为池，以肉为林，为长夜之饮。原指荒淫腐化、极端奢侈的生活，后也形容酒肉极多。（　　　　　）

4. 公元前206年，项羽率大军入关进驻鸿门，准备消灭刘邦。经项羽叔父项伯的调解，刘邦亲赴鸿门去拜见项羽，项羽设宴相待。席间项羽谋士范增命项庄舞剑，伺机刺杀刘邦。项伯见势不妙，也拔剑起舞掩护刘邦。刘邦乘机入厕，在樊哙等掩护下逃回大本营。（　　　　　）画线的部分可以概括为（　　　　　）。

参考答案

一、填空题

1. 轩辕，炎帝，炎黄子孙　2. 禹，奴隶　3. 狼烟，烽火　4. 弦高，牛 5.221，秦国，封建国家　6. 一鸣惊人，楚庄王　7.19，函谷　8. 或重于泰山，或轻于鸿毛　9. 韩非　10. 蒙恬，长城　11. 韩信，胯下之辱 12. 长平之战, 赵括 13. 田忌, 孙膑 14. 齐桓公, 晋文公, 宋襄公, 秦穆公, 楚庄王 15. 管仲, 鲍叔牙 16. 商鞅变法 17. 屈原 18. 韩信 19. 楚庄王 20. 鲁迅 21. 项羽 22. 齐、楚、秦、燕、赵、魏、韩 23. 孟尝君田文、信陵君魏无忌、平原君赵胜、春申君黄歇 24. 程婴 25. 舜 26. 孙武 27. 秦穆公 28. 孙武 29. 韩信 30. 韩信、文种

二 判断题

1. ×　2. ✓　3. ×　4. ×　5. ✓　6. ✓　7. ✓　8. ×　9. ×

三、选择题

1.B　2.C　3.C　4.B　5.A　6.B　7.B　8.B　9.B　10.A　11.A　12.B　13.A　14.B　15.A　16.B　17.C

四、猜成语

1. 负荆请罪　2. 道路以目　3. 破釜沉舟

五、猜典故

1. 烽火戏诸侯　2. 指鹿为马　3. 酒池肉林　4. 鸿门宴；项庄舞剑, 意在沛公

思考提高

1. 简要概述一下《史记》的作者情况以及它的内容和意义。

《史记》的作者是西汉著名的史学家、文学家司马迁,继任其父司马谈之职,担任太史公一职。因为为李陵投降匈奴辩解而惨遭汉武帝宫刑,但是司马迁没有放弃人生的理想,他忍受着身体与心灵上的极大痛楚,将全身心投入到了史学巨著《史记》的创作中,倾其后半生之心血,将生命与灵魂托付于其中,创作出了意义深远的《史记》。

《史记》记载了上至传说中的黄帝时代,下至汉武帝元狩元年间共三千多年的历史。以大量人物传记为中心内容,用人物来表现三千多年的历史风云变幻。

《史记》对后世史学和文学的发展都产生了极为深远的影响,影响了后世的史学写作与文学创作。

2. 《史记故事》中有哪些人物最令你敬佩,请简要说明。

示例(1):晋文公重耳最令我敬佩。重耳历尽磨难,克服了种种艰难险阻,为实现自己安定晋国、争霸中原的信念而坚定不移地奋斗。他不屈不挠的精神告诉我们,做任何事只要能坚定信念就一定能成功。

示例(2):豫让最令我敬佩。豫让虽是市井中最卑微、最底层的人物,但在他身上完美诠释了士大夫阶层所倡导的忠义。他为非亲非故的主人报仇,矢志不渝,并且豫让非常鄙视怀有二心却侍奉他人的人,所以他宁可毁坏自己的身体也不去做违背忠义的事。

3. 看完《史记故事》后，对于商纣王、周幽王、赵武灵王等历史人物如何评价，从他们的故事中你获得了哪些启示？

商纣王荒淫无道，宠爱妲己，轻信谗言，最终落得个国破身死的下场。从商纣王身上我们获得的启示是"兼听则明，偏信则暗"，在生活中要能够从不同角度听取别人的意见以做出最明智的决定。

周幽王的荒唐让他万劫不复，他的行为博得了美人一笑，却让传承四百载的西周王朝威严扫地，西周王朝的"信"让周幽王烽火台下的诸侯冲击得荡然无存。所以周幽王给我们的启示是无论做人还是治国，信誉最重要。

赵武灵王的开拓创新精神令人敬佩，他能够不墨守成规，突破重重阻拦，向文化水平低于汉民族的少数民族学习，扬长避短，使赵国成为战国时期一大强国。所以从赵武灵王身上，我们学到了，一个民族要想长盛不衰，创新是不竭的动力；一个民族要想屹立于世界民族之林，吸取其他民族的优点是十分必要的。

4. 读完《史记故事》，你认为司马迁对刘邦和项羽的态度各是什么样的？结合司马迁的人生经历，简述造成这种态度的原因是什么？

司马迁对项羽诛灭暴秦持肯定态度，但对于项羽的残暴，刚愎自用也进行了批判。项羽虽然率领义军推翻了秦朝的统治，但他并没有从本质上改变对待百姓的态度。他放逐义帝，把自己的亲信分封到富庶的地方，把和自己关系不好的义军将领分封到贫瘠的地方。他刚愎自用，自以为是，想要用暴力统治天下，最终众叛亲离，乌江自刎。但临死前项羽仍旧不能意识到自己的失误，还把失误归结为上天。司马迁认为项羽真是荒谬至极。

司马迁对刘邦最终一统天下，改革秦朝弊端，让天下百姓安居乐业持肯定态度。但在记述刘邦生平事迹时，对刘邦人性中的弱点也进行了直言不讳的记录。例如，刘邦为了保命不惜将亲生儿女踹下车；面对项羽的威胁，不顾自己老爹的性命，甚至还说要分他一杯羹。刘邦的缺点影响的都是自身的人品，最终并不影响他的统一大业，所以对于推进历史进程无伤大雅。

司马迁作为一名具有独立人格的史学家，他并没有屈服于统治者的淫威。在遭受宫刑后，司马迁更是将历代帝王将相剖析得淋漓尽致。对于项羽，司马迁怜悯多于赞颂，他觉得项羽更应该是一个英雄人物，尽管他缺点明显，但在项羽身上仍旧保留着贵族所坚守的情与义，只不过这种情与义对于战胜敌人，统一天下没有任何帮助罢了。项羽对部下爱护有加，所以项家军能以一当十；项羽对虞姬柔情万种，谱写了一曲感人至深的生离死别之歌。从某种意义上说，司马迁也是项羽一样的悲情英雄。最终能够写成《史记》，司马迁必须具备坚忍不拔的毅力，他的这种品质，在对刘邦的描述中有些许表露。刘邦的势力由小到大，由弱到强，屡败屡战，他不因为遇到挫折而灰心丧气，反而面对挫折越挫越勇，最终实现了一统天下的宏愿。司马迁在撰写《史记》时，遇到了无数的艰难险阻，但为了完成这部"究天人之际，通古今之变，成一家之言"的巨著，他克服重重困难，最终获得了成功。